DIE ZWEITE CHANCE DES MILLIARDENSCHWEREN COWBOYS

McCoy Milliardärsbrüder, Buch Fünf

HOPE MOORE

nn – es ist das perfekte Arrangement... oder wäre es vielmehr, wenn Denton nicht nach Hause gekommen wäre. Beschämt erinnert sie sich an ihr Verhalten ihm gegenüber, als sie aufwuchsen, insbesondere an ihr letztes Aufeinandertreffen, bevor sie aufs College ging und sie ihn bat, ihr zu zeigen, wie man küsst. Ganz genau – wie peinlich ist das bitte? Insbesondere jetzt, da er die Country-Charts mit einem Hit desselben Namens anführt und sie sich fragt, ob er an sie gedacht hat, als er diesen Song schrieb.

Doch das spielt keine Rolle, denn sie ist nur wegen ihres Vaters zurückgekehrt und hat nicht vor, jemals wieder in die Rolle des verliebten Teenagers zurückzufallen, der einst den gutaussehenden Denton stalkte.

Doch dann muss Denton plötzlich heiraten oder er verliert alles... können sie sich zusammentun, um sein Erbe zu retten? Wird sie erneut ihr Herz verlieren? Oder findet Denton womöglich, was ihm immer gefehlt hat?

Die Zweite Chanc
milliardenschweren Cc

Vor Jahren war sie ein liebestoller Teena
einer Schwärmerei, er das Objekt ihrer Zune
Jetzt benötigt er ihre Hilfe, aber kann sie es e
riskieren, ihr Herz zu verlieren?

Country-Star Denton McCoy hat nicht vor, in absehbarer Zeit zu heiraten. Als er Blaze Masterson hinter dem Steuer der Limousine seines Großvaters entdeckt, ist er augenblicklich auf der Hut. Sie ist fünf Jahre jünger als er selbst und trieb ihn einst mit ihrer kindischen Schwärmerei in den Wahnsinn. Er nahm sie nie ernst und begann irgendwann, ihr aus dem Weg zu gehen. Nun ist sie erwachsen und er weiß nicht genau, wie er mit ihr umgehen soll. Wenn es nach Großvater McCoy geht, wird er sie heiraten.

Blaze ist wieder daheim, sie kümmert sich um ihren kranken Vater und übernimmt dessen Job, indem sie Mr. McCoys Limousine fährt, solange er das nicht tun

KAPITEL EINS

Denton McCoys gesamte Familie entströmte der Limousine seines Großvaters, die sie vom Westin Galleria Hotel über Houstons Straßen zum Krankenhaus gebracht hatte, damit Allie, die Frau seines Cousins Wade, hier ihr Kind zur Welt bringen konnte. Das Baby würde jeden Moment kommen und sie waren gerade noch rechtzeitig eingetroffen, damit Allie die Unterstützung bekam, die sie benötigte. Während die anderen sie in die Notaufnahme begleiteten, rührte Denton sich nicht. Er starrte Blaze Masterson an, die die Limousine gefahren war.

Als er auf den Beifahrersitz gesprungen war, hatte er erwartet, dass Blaze' Vater, der die Limousine stets fuhr, auch diesmal hinter dem Steuer sitzen würde. Mit ihr hatte er nicht gerechnet. Er blickte sie finster an, sie hingegen warf ihm dieses übermütige Grinsen zu, an das er sich so gut erinnerte.

„Warum bist du hier?"

„Dein Großvater hat mich eingestellt. Ist das ein Problem für dich?"

War es das? Die Frage beschäftigte ihn für einen Moment. Warum sollte es ihn interessieren, dass sein Großvater ein Mädchen angeheuert hatte, dass ihm ein Dorn im Auge gewesen war, als er heranwuchs? Sie war fünf Jahre jünger als er und im Großen und Ganzen war es nachträglich betrachtet nicht allzu dramatisch gewesen. Aber damals, als sie ihm überall hin gefolgt war wie ein Welpe, der auf der Suche nach etwas zum Spielen war, da war ihm das wirklich unangenehm gewesen – nein, das hatte keinen Spaß gemacht. Sie hatte ihn in den Wahnsinn getrieben.

Kurz bevor sie aufs College gegangen und der Altersunterschied eigentlich keine große Sache mehr gewesen war, hatte sie ihn aufgesucht. Er war gerade aus Nashville nach Hause gekommen, wo er sich eine Wohnung gekauft hatte, um näher an der

Musikindustrie zu sein und seine Karriere voranzutreiben. Während seines Aufenthaltes daheim hatte sie ihn in die Enge getrieben und ihn gebeten, ihr zu zeigen, wie man küsste.

Er hatte abgelehnt und ihr gesagt, dass sie aufhören müsse, ihn zu verfolgen, da er zu alt für sie war. Er hatte gesagt, dass er ihre Gefühle nicht verletzen wollte, hatte genau das aber getan.

Kurz darauf war sie weggegangen.

Bis zu diesem Tag hatte er sie nicht wiedergesehen. Er hatte sie nicht verletzen wollen, aber sie war ein Kind gewesen und er ein Erwachsener. Zumindest hatte er das so gesehen. Vielleicht hatte es nicht gestimmt, aber es hatte sich so angefühlt. All die Jahre über hatte es ihn geärgert, dass sie ihn dazu gebracht hatte, ihre Gefühle zu verletzen. Was dachte wohl ihr Vater seitdem über ihn. Ja, Mr. Masterson hatte ihm zu verstehen gegeben, dass er es verstand, dass zwischen ihnen alles in Ordnung war, aber… das hatte ihm nicht geholfen. Mr. Masterson arbeitete schon seit Jahren für seinen Großvater, das hatte er sogar schon getan, bevor Dentons Eltern und sein

Onkel und seine Tante bei einem Flugzeugabsturz ums Leben gekommen waren. Er war damals häufig bei ihnen gewesen, denn ihr Großvater und ihre Großmutter hatten sie bei sich aufgenommen und sie aufgezogen. Sein Großvater hatte es bevorzugt, sich von seinem Fahrer abholen zu lassen und die fast dreistündige Fahrt nach Houston und zurück mit dem Auto zu fahren anstatt zu fliegen. Zu diesem Zeitpunkt hatte Blaze begonnen, die Ranch zu durchstreifen. Sie war schon vorher manchmal auf der Ranch gewesen, aber nachdem seine Eltern gestorben waren, war Masterson häufiger gekommen, weil sein Großvater ihn nicht mehr nur für Fahrten innerhalb der Stadt orderte, sondern für alle Fahrten, insbesondere auch für solche Distanzen, die man mit dem Flugzeug hätte zurücklegen können. Unter all seinen Brüdern hatte sie ihn ausgewählt, ihn mit ihrer Aufmerksamkeit bedacht und nicht mehr davon abgelassen. Es war nie gut, wenn einen ein Kind mit wippenden Zöpfen verfolgte, dass in einen verknallt war. Als Teenager hatte ihn das entsetzt. Er hatte es nicht böse gemeint, aber ihr Verhalten war ihm unangenehm gewesen, das war die ganze Wahrheit. Im Augenblick sah sie ihn nicht gerade reumütig an und er musste zugeben, ob er es nun wollte oder nicht, dass sie erwachsen geworden war und umwerfend aussah.

Doch das Grinsen auf ihrem Gesicht gefiel ihm nicht. Nein, es störte ihn. Es verhieß jemanden, der Unruhe stiften würde, genau das. Als inzwischen berühmter Country-Sänger war er an Fans gewöhnt… manchmal trieben sie ihn in den Wahnsinn. Häufig musste er sich gegen Frauen zur Wehr setzen – ob diese nun zu alt waren oder im richtigen Alter – Frauen, die sich unangemessen verhielten. Manchmal waren sie auch im richtigen Alter und vernahmen sich angemessen, und trotzdem war er nicht interessiert. Und dann waren da noch die Jüngeren, mit denen er sich herumschlagen musste und die dafür sorgten, dass er sich unbehaglich fühlte. Das war die Crux daran, ein Country-Star zu sein, der Liebeslieder sang. Es sang zwar Lieder über die Liebe, musste aber andererseits immer darauf achten, dass ihm niemand zu nahekam oder sich ihm gegenüber unangemessen verhielt. Das war alles andere als einfach. Unzählige Male war er auf dem Weg zu seinem Bus in den Hintern gezwickt oder am Arm gepackt worden, hatte man ihm einen Arm um den Hals geworfen und alle Grenzen überwunden und ihm einen Kuss auf die Lippen gedrückt, bevor seine Bodyguards hatten eingreifen und ihn aus der Umklammerung einer weiteren Frau befreien können. Er hatte durchaus nichts dagegen einzuwenden, jemanden zu küssen, den er selbst ebenfalls küssen *wollte*. Doch in letzter Zeit war er keiner Frau begegnet, auf die das zutraf.

Er befand sich in einer Flaute.

Er wusste schon seit einer geraumen Weile, dass etwas nicht stimmte. Er war bei jeder sich bietenden Gelegenheit nach Hause auf die Ranch zurückgekehrt. Wann immer er ein Konzert gab, stand Becks Flugzeug bereit, um ihn nach Hause zu bringen. Wann immer er mit der Band spielen musste, nahm er das Flugzeug, flog zu ihnen und anschließend wieder zurück. Die Ranch bot ihm Trost. Für sie schlug sein Herz, hier kam er wieder ins Gleichgewicht. Hier schöpfte er Inspiration, kam zur Ruhe und kehrte auf den Erdboden zurück. Die Touren wurden immer fanatischer und die Fans anspruchsvoller… er wusste nicht recht, was er mit seinen Fans und deren Erwartungen anfangen sollte. Aber vielleicht lag es nicht an ihnen, sondern an ihm selbst.

Zu all dem kam noch sein Großvater und das, was dieser tat. Das war nicht gerade hilfreich. Es hatte dazu geführt, dass er angespannt war und, wenn er ehrlich war, wütend. Ihm missfiel die Tatsache, dass sein Großvater dachte, er könne seine Enkel davon überzeugen, Ehepartner zu finden, weil er meinte, dass es an der Zeit war und wenn das nicht funktionierte, sie notfalls dazu zwingen. Das irritierte ihn. Er war ein erwachsener Mann, verdammt noch mal, und er würde selbst jemanden finden, wenn er bereit dazu war. Was im Moment nicht der Fall war.

Doch als er nun das atemberaubende Lächeln auf diesem wunderschönen Gesicht betrachtete, da beschlich ihn das äußerst unangenehme Gefühl, dass das alles kein Zufall war.

„Was machst du so? Ich dachte du wärst in Kalifornien und würdest Model werden oder etwas in der Art.“

Mit einem Mal verdüsterte sich ihr Blick. „Oh, das habe ich versucht, aber ich hatte es satt, dass mir Männer unangemessene Fragen stellten, versuchten, unangemessene Dinge mit mir zu tun und wollten, dass ich für Jobs unangemessene Dinge mit ihnen tue. Ich war es leid, dass sie ständig versuchten, ein nettes Mädchen aus Texas auszunutzen.“

„Wer hat gesagt, dass du ein nettes Mädchen aus Texas bist? Du bist eine hitzköpfige und sture, unglaublich sture Nerven–“

„Okay, einen Moment. Es besteht absolut keine Notwendigkeit, meine Vergangenheit wieder zur Sprache zu bringen. Ich bin mir im Klaren darüber, dass du mich für eine Nervensäge gehalten hast, aber ich bin erwachsen geworden. Keine Sorge – ich werde dich nicht verfolgen oder versuchen, dich dazu zu überreden, mich zu heiraten oder etwas ähnlich Unsinniges. Ich bin ausschließlich deswegen hier, weil mein Vater eine Auszeit brauchte und ich Kalifornien satthatte. Ich konnte es nicht mehr sehen. Ich hatte das Modeln bereits aufgegeben und mich als Chauffeurin betätigt – ich habe es meinem Vater gleichgetan und bin immer dann gefahren, wenn ich gerade keine

Modelaufträge hatte. Irgendwann habe ich nur noch das getan. Ich bin eine gute Fahrerin und fahre gern. Das musst du zugeben – ich habe gerade meine Expertise unter Beweis gestellt. Du kannst nicht abstreiten, dass ich gut bin."

„Ja, das stimmt. Du bist großartig gefahren. Aber warum bist du hier?"

„Wie ich bereits sagte, weil mein Vater eine Auszeit braucht. Wusstest du, dass er Herzprobleme hat? Ich musste nach Hause zurückkehren. In der Nähe sein. Ich habe dafür gesorgt, dass er mehr Sport treibt und sich Ruhe gönnt. Sein Arzt hat ihn gewarnt, dass er sein Gewicht in den Griff bekommen muss, er ist zwar ein breiter Kerl, aber sein Gewicht ist außer Kontrolle, da ist es hilfreich, wenn ich da bin. Wie du weißt, hat er mich alleine aufgezogen, weil meine Mutter früh gestorben ist und ich habe es immer gehasst, nicht in seiner Nähe zu sein. Das weißt du. Und dann rief mich plötzlich dein Großvater an und gab mir eine Chance. Es war, als wären meine Gebete erhört worden. Er wusste, dass mein Vater mich braucht, deswegen hat er mich angerufen.

Ich verspreche, es hat nichts mit dir zu tun. Ich bin

schon lange über diese Albernheiten aus meiner Kindheit hinweg. Ich werde dir nicht nachstellen, ich verspreche es. Dieses Kapitel ist abgeschlossen. Ich war verknallt in dich. Du hast so gut ausgesehen. Nun, das tust du immer noch, aber du bist nicht mein Typ. Meine Güte, du bist ein Star. Ich wüsste beim besten Willen nicht, warum ich mich an einen Star binden sollte. Ich habe schließlich eine Weile in Hollywood gelebt und weiß, was damit einhergeht. So möchte ich nicht leben. Seit ich nach Texas zurückgekehrt bin, geht es mir so gut wie nie. Du hast nichts zu befürchten, ich hoffe, das verletzt dein riesiges Ego jetzt nicht, aber das ist die Wahrheit. War da nicht ein Baby, das jeden Moment auf die Welt kommen sollte?"

Ein bisschen überwältigt von ihrer Erklärung, beäugte er sie schweigend. Er hatte kein riesiges Ego. Er hatte gewusst, dass ihr Vater gesundheitliche Probleme hatte. Was sicher schwer auf Blaze lastete, da ihre Mutter bei ihrer Geburt gestorben war. Deshalb war sie so oft bei ihnen gewesen. Meist war sie bei ihrem Vater mitgefahren. Er war Chauffeur und sie saß stets auf dem Beifahrersitz und malte Bilder aus, bis sie die Ranch erreichten, dort sprang sie heraus und schweifte über das Gelände. Sie ritt, während sie auf ihren Vater wartete, arbeitete im Stall und stellte ihm nach. Bis sie sich in ihn verliebt hatte, war sie ein süßes kleines Kind gewesen. Das war geschehen, als sie ungefähr dreizehn Jahre alt gewesen war und er vermutete, dass ihre Hormone verrückt gespielt hatten oder etwas in der Art. Er war nicht gerade Experte in Bezug auf Frauen oder pubertierende Mädchen. Oder vielleicht… war sie auch nur ein einsames kleines Mädchen gewesen, das sein halbes Leben in einem Auto verbrachte, wenn es nicht zur Schule musste. Ein etwas merkwürdiges Leben hatte sie damals geführt. Und ein trauriges, da sie das alles ohne eine Mutter durchgemacht hatte. Er selbst hatte zumindest bis er zwölf war eine Mutter gehabt.

„Also gut, ich muss jetzt rein. Tut mir leid, wie ich auf unser Wiedersehen reagiert habe. Ich habe dich so lange nicht gesehen. Und wie du weißt, sind wir nicht gerade unter den besten Bedingungen auseinandergegangen. Es war wirklich unangenehm.

Ich habe es gehasst, vor all den Jahren deine Gefühle verletzen zu müssen, und manchmal hat es mich ein bisschen verrückt gemacht, wenn ich daran zurückgedacht habe."

Sie legte den Kopf schief. „Ich habe nie eine Entschuldigung erhalten."

„Nun, um ehrlich zu sein, ich habe nicht um das gebeten, was du mir angetan hast. Deswegen fand ich nicht, dass ich dir eine Entschuldigung schulde. Ich fühlte mich unwohl dabei und es tat mir leid, dass es so kommen musste, aber nein, ich finde nicht, dass ich derjenige sein sollte, der sich entschuldigt. Andererseits warst du noch ein Kind, daher habe ich auch von dir keine erwartet. Aber ich denke, es ist verständlich, dass wir seitdem nicht miteinander gesprochen haben."

Da war wieder dieses Grinsen auf ihren Lippen. „Ja, es ist verständlich. Aber ich habe dich beobachtet – und nicht, weil ich in dich verknallt war oder so. Ich habe deine Karriere und ihren stetigen Aufwärtstrend beobachtet, weil ich dich kenne. Du bist gut. Echt gut. Ich mag deine Songs wirklich. Einige von ihnen sind richtig gut. Aber ein paar, wie soll ich es sagen, sind eher auf der Erfolgswelle deiner Hits mitgeschwommen und hätten besser sein können."

„Wie meinst du das, sie hätten besser sein können?"

Sie lachte laut auf. „Oh, komm schon, du weißt, dass sie hätten besser sein können. Du machst dir selbst etwas vor, wenn du denkst, dass ‚She's Only Got Eyes For Her Ex' ein gutes Lied ist. Du weißt ganz genau, dass dieser Song nur auf der Erfolgswelle von ‚Show Me How A Kiss Is Done' mitgeschwommen ist. *Das* ist ein großartiges Lied."

Er fühlte sich, als hätte sie ihn in den Bauch geschlagen, als sie diesen Song erwähnte. Denn aus irgendeinem Grund hatte er dieses Lied im letzten Jahr geschrieben, nachdem er an sie hatte denken müssen. Das waren so ziemlich die letzten Worte gewesen, die sie zu ihm gesagt hatte und das wusste sie.

Sie hatte ihn im Spielzimmer in die Enge getrieben, bevor sie aufs College gegangen war, und ihn gebeten, ihr zu zeigen, wie man küsste. Sie war ungefähr achtzehn Jahre alt gewesen, er selbst war gerade vierundzwanzig geworden und sah in ihr immer noch das Kind, das in ihn verknallt war und ihm das Leben zur Hölle machte. Wie oft war er hinten um die Scheune herumgegangen, um ihr in diesen High School Sommern aus dem Weg zu gehen.

Doch letztes Jahr, als er gerade auf der hinteren Veranda des Ranchhauses gesessen hatte, war ihm aus irgendeinem Grund ihre letzte Begegnung durch den Kopf gegangen. Und wie ein Blitz, der vom Himmel herabfuhr, war ihm der Song in den Sinn gekommen, beinahe ganz fertig. Er hatte kaum fünfzehn Minuten benötigt, um ihn niederzuschreiben. Als er sich mit seiner Gitarre ans Klavier gesetzt hatte, hatte er die passende Melodie gefunden. Er hatte die Akkorde angeschlagen, dann die Melodie auf den Tasten gespielt, alles hatte sich zusammengefügt wie nie zuvor etwas in seinem Leben. Ja, er hatte dieses Lied geschrieben, als er schlecht drauf gewesen war. Er war einsam gewesen, auch wenn er das niemandem erzählt hatte. Er behielt seine Gefühle stets für sich und öffnete sich nicht einmal gegenüber seinen Brüdern.

Doch an diesem Abend hatte er an ihr Gesicht und

ihre Worte denken müssen und als er sie jetzt ansah, da verknotete sich sein Magen. „Ich weiß nicht, wovon du sprichst. Ich schreibe meine Songs für meine Fans. Ich schreibe auf, was mir einfällt und ich kann nichts dafür, wenn sie einen Song mögen, der dir nicht gefällt. Ich kann nicht nachvollziehen, was du damit meinst, dass er auf der Erfolgswelle anderer Lieder geschwommen ist, denn mich interessiert nur, ob er den Fans gefällt und ein Nummer Eins Hit wird. Und in ihren Augen sind beide Songs gleich gut."

„Dann hast du wohl recht."

Sie starrten einander an und dann griff er nach der Tür. „Ich muss rein. Danke, dass du uns hierhergebracht hast, wo Allie und das Baby in Sicherheit sind. Du solltest mit reinkommen und dich der Familie anschließen."

„Danke, aber ich muss beim Auto bleiben. Wenn mich dein Großvater braucht, muss ich bereit sein. Aber ich würde mich freuen, zu hören, dass es beiden gutgeht, wenn das Baby da ist. Vielleicht kannst du mir eine SMS schreiben. Dein Großvater hat meine Nummer."

„Klar, ich sage dir Bescheid." Er stieg aus und schloss die Tür hinter sich. Sie winkte und fuhr dann in Richtung Parkplatz, wo sie das tun würde, was sie den Großteil ihres Lebens getan hatte: im Auto warten, bis man ihr Bescheid gab.

Er war sich nicht sicher, warum ihn das störte, aber das tat es.

* * *

Mit zitternden Händen fuhr Blaze vom Eingang der Notaufnahme weg, während Denton hineineilte. Sie hatte gewusst, dass er ihr über den Weg laufen würde, wenn sie nach Texas zurückkehrte. Oder sie ihm. Sie hatte gemeint, darauf vorbereitet zu sein. Sie hatte sich geirrt. Denton McCoy ging ihr auf die Nerven, sah aber einfach umwerfend gut aus.

Sie war nach Hause gekommen, um sich um ihren Vater zu kümmern, das war der einzige Grund. Ihr Verhalten als Heranwachsende war ihr peinlich. Sie hatte ihm das nicht gesagt, schämte sich aber jedes Mal, wenn sie daran zurückdachte, wie sie ihn geradezu verfolgt hatte. Sie war zunächst ein Kind gewesen, dann eine Jugendliche und schließlich ein schlaksiger Teenager – er hingegen immer dieser wunderschöne Adonis. Das machte es aber nicht weniger peinlich, ihn nun wiederzusehen. Sie würde einfach auch weiterhin die gleichgültige Mine aufsetzen müssen, um die sie sich zuvor bemüht hatte. Denn sie hatte nicht vor, sich ihm gegenüber jemals wieder zum Narren zu machen. Armer Kerl – wahrscheinlich nahm er an, dass sie ihm erneut nachstellen würde, nun da sie zurückgekehrt war. Genau das hatte sie früher getan. Aber wahrscheinlich taten das dieser Tage alle möglichen Frauen.

Sie hatte eines seiner Konzerte gesehen… okay, vielleicht auch fünf, wenn Aufzeichnungen mitzählten. Obwohl sie erst vor Kurzem ein paar Freunde gefragt hatten, ob sie gemeinsam ein Konzert von ihm besuchen wollten, war sie in Kalifornien nie bei einem seiner Auftritte gewesen. Der alten Zeiten willen war sie versucht gewesen. Eine der anderen Chauffeurinnen hatte ein paar gute Sitzplätze ergattert, aber sie hatte abgelehnt. Auch wenn sie nur aus reiner

Neugierde mitgegangen wäre. Sie hatte niemandem erzählt, dass sie ihn kannte. Keiner hätte ihr geglaubt, dass sie ihn außerhalb ihrer Arbeit als Chauffeurin kennengerlernt hatte. Ihre Modelkarriere war nie so weit gediehen, dass man ihr abnehmen würde, dass sie auf diesem Weg derart bekannte Männer kennenlernte. Sie hatte nur die Bekanntschaft von schmierigen Typen gemacht.

Aber nun war sie zurück im guten alten Houston und fuhr die Limousine seines Großvaters. Das bedeutete, dass sie wieder häufiger auf der Ranch sein würde. Ihr Vater hatte ihr erklärt, dass Talbert noch immer das Autofahren dem Fliegen vorzog. Sie würde also häufig mit der Limousine zwischen Houston und Stonewall unterwegs sein, eine Strecke von etwa drei Stunden, was für texanische Verhältnisse keine allzu lange Fahrt war. Man konnte von einer Seite zur anderen oder von Nord nach Süd zehn Stunden und mehr fahren, bevor man den nächsten Staat erreichte. Die Distanz zwischen Stonewall und Houston war ein Klacks, nicht der Rede wert. Auf der Ranch zu sein, wenn Denton ebenfalls dort war... *das* könnte sich als Problem erweisen.

Doch während sie das Auto parkte und sich zurücklehnte und sich aufs Warten einstellte, ermahnte sie sich, keine Schwierigkeiten heraufzubeschwören, bevor diese tatsächlich eintraten. Nein, sie würde sich darauf konzentrieren, wie dankbar sie war, hier in der Nähe ihres Vaters sein zu können. Auf nichts anderes.

Sie griff ins Handschubfach und zog ihren Krimi heraus, dann lehnte sie sich zurück und begann zu lesen. Doch die Worte, die sie gestern noch in ihren Bann gezogen hatten, langweilten sie nun zu Tode. Sie konnte an nichts anderes denken als daran, dass aus dem atemberaubenden Denton von damals ein noch atemberaubenderer und besser aussehender erwachsener Mann geworden war.

Und ein Klugscheißer noch dazu. Der Mann hatte Nerven, dass er tatsächlich dachte, sie wäre wegen ihm hierher zurückgekehrt. Das war lächerlich. Einfach nur lächerlich.

KAPITEL ZWEI

Denton betrat das Krankenhaus und fragte die junge Dame hinter dem Tresen, wo sich seine Familie befand. Diese hätte um ein Haar ihr Getränk umgestoßen, als sie aufblickte und ihn erkannte. Sie hantierte mit ihrem Glas herum, um zu verhindern, dass es sich auf die vor ihr liegenden Unterlagen ergoss und stieß ein paar unzusammenhängende Laute aus, während sie ihn anstarrte. Es überstieg immer noch seine Vorstellungskraft, dass er diese Wirkung auf jemanden haben könnte.

„Schon okay, alles in Ordnung. Ich bin auf der Suche nach meiner Familie. Mein Cousin und seine Frau bekommen ein Baby und ich möchte zu ihnen.“

„Ja, Mr. McCoy, ich bin ein großer Fan. Ich liebe

Ihre Musik. ‚Show Me How A Kiss Is Done' mag ich besonders gern." Sie errötete und verschlang ihn mit den Augen.

Daran würde er sich nie gewöhnen. „Nun, danke. Es freut mich, dass Sie ein Fan sind. Das macht mich zu einem Fan von Ihnen. Aber könnten Sie mir jetzt wohl sagen, auf welche Etage ich muss?"

Sie lächelte strahlend. „Etage Zwei. Biegen Sie einfach links ab, wenn Sie aus dem Aufzug steigen und gehen Sie nach hinten durch. Ich denke, Sie werden sie ohne Probleme finden. Und falls Sie noch etwas brauchen – irgendetwas – ich bin für den Rest der Nacht hier. Meine Schicht endet um sieben."

„Okay, nun, ich gehe dann zu meiner Familie." Er wusste nie, wie er auf Angebote wie diese reagieren sollte. Er ging zu den Aufzügen, drückte einen Knopf und betrat ihn dann. Zum Glück war niemand darin. Er entspannte sich, während sich die Türen hinter ihm schlossen. Er hatte viele unverhohlene Angebote erhalten und wusste, wie er sich in diesen Situationen verhalten sollte. Aber er war sich nicht ganz im Klaren darüber, was die Rezeptionistin gemeint hatte.

Vielleicht hatte sie nur gehofft, ihn noch einmal zu Gesicht zu bekommen oder einen Kaffee mit ihm zu trinken. Er hatte es nicht gewusst, daher war er so schnell wie möglich gegangen, ohne allzu viel zu erwidern. Sie schien nett zu sein. Er hatte ihre Gefühle nicht verletzen wollen. Einige befreundete Musiker hielten ihn für merkwürdig und meinten, er solle einfach nehmen, was ihm angeboten wurde. Aber er war nicht interessiert – er wollte, dass eine Frau ihn um seiner selbst willen mochte.

Er empfand es als seltsam, wie ihn die Leute aufgrund dessen ansahen, dass er ein McCoy war, ein Milliardär, der von Dingen profitierte, die sein Großvater und sein Großonkel J.D. getan hatten. Das Dasein als Milliardär und das des Countrymusic-Stars brachten ähnliche Unannehmlichkeiten mit sich. Er hütete sich davor, diese als Probleme zu bezeichnen, denn verglichen mit echten Problemen waren sie das ganz einfach nicht. Dass sein Vater und seine Mutter bei einem Flugzeugabsturz ums Leben gekommen waren, war ein wirkliches Problem gewesen. In Bezug auf die damit einhergehenden Unannehmlichkeiten ähnelten sich seine Lebenssituation und seine Karriere. Als er noch nur Milliardär gewesen war, war er meist nicht erkannt worden, er sah einfach aus wie jeder andere Rancher, dem man auf der Straße begegnete. Niemand nahm einen zur Kenntnis. Während sich die Aufzugstüren öffneten und er ausstieg und nach links abbog, bemerkte er, dass das etwas war, wonach er sich in letzter Zeit tief in seinem Inneren zu sehnen begonnen hatte. Er wollte nicht mehr erkannt werden. Er wollte hierherkommen, wo sich seine Familie versammelt hatte, ohne das ihn jemand erkannte. Ohne dass ihm jemand ein Angebot machte, der Sterne in den Augen hatte.

Er erspähte seinen Großvater, der auf und ab schritt. Mit diesem hatte er noch ein Hühnchen zu rupfen, aber jetzt war nicht der richtige Zeitpunkt dafür. Daher klebte er sich seine Verärgerung mit extra starkem Klebeband mental in den Kopf, er befestigte es zweifach und heftete es an die Rückwand seines Geistes, weil er aufgewühlt war. Nichtsdestotrotz würde er seinem Großvater und seinem Großonkel J.D. diesen Moment nicht verderben. So seltsam es auch war, sein Großonkel – Gott möge seiner Seele gnädig sein – war eine nicht zu vernachlässigende Kraft. Er hatte das alles mit seinem Testament in Gang gesetzt, in dem er verlangt hatte, dass seine drei Enkel heirateten, wenn sie nicht ihr Erbe verlieren wollten. Er hatte es initiiert, alles hatte sich gefunden und dies war sein Tag.

Sein Großvater war stellvertretend für Onkel J.D. hier und Denton spürte förmlich, wie dieser vom Himmel herablächelte. Er hörte ihn sagen, dass das sein Verdienst war. Denn wenn er sich etwas in den Kopf gesetzt hatte, dann sorgte er dafür, dass es erledigt wurde. Anschließend ließ er die Leute wissen, dass es erledigt worden war, weil er Fakten geschaffen hatte. Das hatte Onkel J.D. sein ganzes Leben lang so gemacht. Und auch nach seinem Tod hatte er damit weitergemacht. Gott mochte entschieden haben, wann seine Zeit auf Erden abgelaufen war, aber Onkel J.D. hatte in seinem Testament eine Überraschung hinterlassen und bestimmt, was seine Enkel als Nächstes taten.

Ja, er hatte aus Liebe gehandelt und Denton

wusste das. Er wusste, dass auch sein Großvater meinte, er würde aus Liebe handeln, aber Denton hielt trotzdem nichts davon. Sicher, Ash und Holly schienen überaus glücklich zu sein, wie sie dort in eine intensive Unterhaltung vertieft in eine Ecke gekuschelt dasaßen und sich von Zeit zu Zeit küssten. Aber er war nicht Ash. Er war nicht so nett wie Ash. Das war eines der vielen Dinge, die für seinen Bruder Ash sprachen: er war wahrscheinlich einer der nettesten Männer der Welt. Aus diesem Grund hatte er schon immer Tierarzt werden und sich um Tiere kümmern wollen. Aber auch Menschen waren ihm wichtig, er bemühte sich stets darum, die Wogen zu glätten und so war es ihm gelungen, durch diese Sache zu kommen, ohne Gefühle zu verletzen.

Leider glaubte Denton nicht, dass ihm das ebenfalls gelingen würde. Wenn sein Großvater das getan hatte, was er vermutete, und Blaze angeheuert hatte, weil er von ihrer beider Vorgeschichte wusste, dann würden sie beide demnächst hart aufeinandertreffen. Kein noch so starkes Klebeband oder Superkleber würden das verhindern können.

„Morgan, sind sie dort drinnen? Gibt es Neuigkeiten?"

„Ja, sie sind dort drin, aber nein, es gibt noch nichts Neues. Die Ärzte haben versprochen, uns Bescheid zu sagen, sobald das Baby da ist." Er sah amüsiert aus. „Wade hat schon so manches Kalb auf die Welt geholt, sogar ein paar zusammengeflickt, wenn das nötig war. Aber noch nie hat er gesehen, wie sein eigenes Kind zur Welt kommt. Ich hoffe, er wird nicht ohnmächtig."

Todd lachte. „Das hoffe ich auch. Weißt du noch, als ich mir den Arm an diesem Stacheldrahtzaun aufgeschlitzt habe – die Narbe davon habe ich immer noch – und das Blut wie Wasser aus einem Wasserschlauch spritzte? Ihm wurde ganz flau zumute. Erinnerst du dich?"

„Oh Mann, ja, ich erinnere mich. Das hatte ich ganz vergessen." Ihm selbst war auch ganz flau geworden. Der Schnitt war tief gewesen und hatte mit vielen Stichen genäht werden müssen. „Du glaubst doch nicht, dass ihm schwarz vor Augen wird, oder?"

Morgan und Todd grinsten.

„Das wäre eine super Geschichte." Jetzt lachte Todd. „Großvater hätte etwas zu lachen. Ich weiß, dass er seine Freude hat. Er bildet sich etwas darauf ein, dass er uns alle unter die Haube gebracht hat und er jetzt sein erstes Urenkelkind bekommt."

Amber kuschelte sich in Morgans Armbeuge. „Er wird nicht ohnmächtig. Er schafft das."

Morgan lächelte sie an. „Hoffentlich. Ich mache mir Notizen."

Sie lächelte und küsste ihn. „Gut. Denn zu gegebener Zeit wirst du dort drinnen an meiner Seite sein... und ich habe eine äußerst geringe Schmerztoleranz, daher werde ich viele Schmerzmittel und eine Menge Unterstützung brauchen."

„Du wirst das schon machen", rief Ash aus der Ecke. „Ihr alle seid hart im Nehmen."

„Das hoffe ich", sagte Morgan.

„Ihr sorgt mit Sicherheit dafür, dass Onkel J.D. etwas zum Lächeln hat, denn ich bin Todds Meinung – er beobachtet uns und hat seine Freude daran."

„Ganz genau", stimmte Todd ihm zu. Er zog Ginny auf seinen Schoß, als sie zu ihm zurückkehrte.

Sie hatte durch ein Glasfenster in einen Raum gestarrt, in dem Neugeborene in Babybetten auf Rädern schliefen. „Er hat dafür gesorgt, dass wir alle heiraten und nun bin ich der glücklichste Mann auf Erden. Bist du bereit, sein Urenkelkind an seiner Stelle in den Armen zu halten, Onkel Talbert?"

„Das bin ich, genauso wie ich bereit bin, ein eigenes Urenkelkind zu halten. Aber ich springe natürlich immer gern für meinen Bruder ein. Heute ist ein großartiger Tag."

Beck, der bisher schweigend an der Wand gelehnt und sie alle beobachtet hatte, legte nun den Kopf schief und fixierte Denton mit humorvoll funkelnden Augen. „Da wir ja ohnehin gerade alle nur warten – wer war das eigentlich am Steuer der Limousine? Du scheinst ein längeres Gespräch mit ihr geführt zu haben. Ich habe ihre Stimme gehört und dass sie auf den Namen Masterson reagiert hat. Ist sie diejenige, die ich denke?"

Mit dem Grinsen, das sich auf Großvaters Gesicht schlich, sah dieser aus wie eine hinterlistige Katze.

Denton stemmte die Hände in die Hüften, senkte

das Kinn und warf ihm unter dem Rand seines Cowboyhutes hervor einen wissenden Blick zu. „Ja, es war eine Masterson, ganz genau die Person, die dir sicher in den Sinn gekommen ist. Unser alter Großvater hier hat sie als seinen Chauffeur eingestellt, weil es ihrem Daddy zurzeit gesundheitlich nicht so gut geht. Du hast nie erwähnt, dass Mr. Masterson Herzprobleme hat. Wie schlimm ist es?"

Alle sahen Talbert an.

Der versuchte, unschuldig auszusehen. Was nicht funktionierte. „Er hat ein paar Probleme. Für den Moment nichts Lebensbedrohliches. Aber der Arzt hat ihn gewarnt, dass er Schwierigkeiten bekommen würde, wenn er nicht besser auf sich achtgibt. Deswegen habe ich ihm freigegeben und sein Gehalt erhöht, um das auszugleichen. Ihr könnt euch vorstellen, dass ihm das nicht gefallen hat, aber ich habe ihm versichert, dass er quasi zur Familie gehört und er es als Belohnung für seine Loyalität betrachten soll. Außerdem habe ich einen neuen Fahrer angeheuert, der für ihn einspringt, bis er in ein paar Wochen mit weniger Aufträgen zurückkehrt. Und, nun ja, ich dachte, dass Blaze sicher gern in seiner Nähe wäre. Ich bin über die Jahre mit ihr in Kontakt geblieben und wusste, dass sie als Chauffeurin arbeitet, deshalb habe ich ihr den Job angeboten. Daran ist nichts falsch."

Denton bewegte sich etwas, Verbitterung machte sich in ihm breit. Er wollte das nicht hier besprechen. „Ich habe nicht gesagt, dass irgendetwas daran falsch ist, oder? Wenn das denn der einzige Grund war, aus dem du sie eingestellt hast."

Nun war es heraus, das extra starke Klebeband hatte offenbar nicht ausgereicht, um seine Vorbehalte bis zu einem späteren Zeitpunkt im Zaum zu halten. Sie flogen umher wie Löwenzahn in einem Tornado.

„Was hältst du denn für meine Hintergedanken?", fragte sein Großvater gedehnt und seine Lippe zuckte kaum merklich.

Alle schauten von seinem Großvater zu Denton und mit einem Mal fingen sowohl seine Cousins als auch seine Brüder an zu grinsen. Er konnte ihr Lächeln geradezu spüren. *Wartet nur ab, bis ihr an der Reihe seid.* Sein Bauchgefühl hatte ihn nicht getrogen. Er sollte verkuppelt werden.

Caroline erhob sich mit blitzenden Augen. „Großvater, das hast du nicht getan." Sie war aufgebracht.

„Was denn?" Ihr Großvater bemühte sich erneut darum, unschuldig auszusehen. Es gelang ihm nicht.

„Oh mein Gott, du hast sie eingestellt, weil dir wieder eingefallen ist, dass sie in Denton verknallt war. Sie ist ihm wie ein Welpe gefolgt, der auf der Suche nach seiner Mama–"

Denton reagierte gereizt. „Hey, ich war nicht ihre Mama."

„Okay, dann ihr Daddy. Du warst älter als sie."

Diese Analogie gefiel ihm ebenso wenig.

„Immer mit der Ruhe, junge Dame. Sie mag damals jung und in ihn verknallt gewesen sein, aber inzwischen ist sie erwachsen. Wir sollten das außen vor lassen und ihr ermöglichen, von vorn zu beginnen. Ich habe sie nur deswegen eingestellt, damit sie zurückkommen und in der Nähe ihres Vaters sein kann. Es tut ihnen sicher beiden gut, wenn sie füreinander sorgen können. Ich für meinen Teil weiß es zu schätzen, dass ihr alle hier bei mir seid."

Caroline sah nicht überzeugt aus. „Ich glaube nicht, dass das alles ist, was dich dazu bewogen hat. Ich denke, du hattest dabei so deine Hintergedanken, genau wie Denton und Beck das auch tun. Und die anderen sehen das wahrscheinlich genauso. Du hast zu häufig darüber gesprochen, uns zum Heiraten zwingen zu wollen und wiederholen zu wollen, was Onkel J.D. getan hat und was du selbst Ash angetan hast. Ich weiß, dass er und Holly sich ineinander verliebt haben und ich freue mich unendlich für sie, aber komm schon, Großvater. Tu das nicht. Sie hat ihn immerzu verfolgt und ihn gequält. Wegen ihr hat er sich so unglaublich unbehaglich gefühlt."

„Wie ich schon gesagt habe, sie hat Dinge getan, die junge Mädchen eben tun. Das kannst du ihr doch jetzt nicht mehr vorhalten. Sie ist erwachsen. Und ein wirklich netter Mensch."

Die Türen des Warteraums öffneten sich und ein Arzt kam herein. Sofort wurde er von allen umringt.

„Meinen herzlichen Glückwunsch, Sie haben einen schönen kleinen Jungen. Dreieinhalb Kilo schwer und mit einem kräftigen Paar Lungen gesegnet.

Er erblickte schreiend das Licht der Welt, aber als er sich an seine Mutter kuschelte, beruhigte er sich. Meinen herzlichen Glückwünsch."

Unverzüglich begannen sie, durcheinander zu reden. Seine grinsenden Cousins umarmten ihre Frauen und seine Brüder klatschten sich gegenseitig auf den Rücken, während sie sich zu ihrem Großvater umdrehten, den Caroline umarmt hatte. Denton grinste ihn an. Was für ein wunderschöner Tag, in seinen Gedanken vernahm er ein Lied. Als er ein paar Minuten später sah, wie sich das Baby an Allie schmiegte und Wade dabei beobachtete, wie er sich dicht zu ihnen beugte, da verstand Denton George Straights Song ‚I Saw God Today' von ganzem Herzen.

Wow. Er nahm die Freude wahr, die dieser kleine Kerl allen bereitete und sein Herz schwoll vor Glück und Zuneigung an.

Und für einen Moment fragte er sich, ob er selbst jemals diese Art von Liebe erfahren würde.

Er fragte sich, ob er jemals bereit sein würde, das Risiko einzugehen.

Seine Gedanken wanderten zu Blaze. Er dachte an ihre hübschen rosa Lippen und das Grinsen, das auf ihnen gelegen hatte und mit einem Mal stellte er sich vor, wie er diesen besserwisserischen Blick mit einem Kuss von ihrem schönen Gesicht vertrieb.

Was zum Teufel!

Er riss seine Gedanken so schwungvoll von dieser Vorstellung zurück, als hätte er gerade einen außer Kontrolle geratenen Stier mit einem Seil eingefangen und dieser das Ende des Seils erreicht. Der Ruck war so heftig, dass er sich von den anderen abwandte und sich ein paar Schritte von ihnen entfernte.

Er würde Blaze Masterson *nicht* küssen. Doch als er auf der Suche nach einem Kaffee oder etwas anderem den Flur entlangging, um sich von diesem irritierenden Rückstoß seiner Vergangenheit abzulenken, da vernahm er in Gedanken seinen Nummer Eins Hit, der drauf und dran war, eine Platinschallplatte zu gewinnen – ‚Show Me How A Kiss Is Done‘.

Nein, das würde auf keinen Fall geschehen. Er kannte sie bereits sein ganzes Leben lang. Er hatte versucht, sich ihrer nicht enden wollenden, bewundernden „Liebe" zu entledigen, wie sie es immer genannt hatte. Ja, er hatte irgendwann aufgehört mitzuzählen, wie oft sie beteuert hatte, ihn zu lieben… so wie beim letzten Mal, als sie sich gesehen hatten und sie achtzehn gewesen war.

Nein, er würde nicht dazu beitragen, dass das alles von vorne begann. Hoffentlich hatte sein Großvater recht und sie war nur wegen ihres Vaters zurückgekehrt. Denn zwischen ihnen beiden würde es keine Küsse geben.

Nein, ganz sicher nicht.

Aber sosehr er sich auch bemühte, ihn zu verscheuchen, dieser verdammte Song ging ihm nicht aus dem Kopf… er dachte an ihre großen blauen Augen, die ihn anblinzelten, so als ob sie von einem Geheimnis wüsste, in das er eingeweiht werden wollte.

Er wollte nicht eingeweiht werden. Ganz und gar nicht.

KAPITEL DREI

Drei Tage nach der Geburt des Babys holte Blaze Wade, Allie und das Neugeborene vom Krankenhaus ab. Sie hatten sich dagegen entschieden, einen von Becks Lear-Jets zu nehmen, da sie die Ohren des Babys noch nicht den Druckschwankungen beim Fliegen aussetzen wollten. Sie würde also in Richtung Stonewall und McCoy Ranch fahren. Seit dem Abend, an dem sie die ganze Familie ins Krankenhaus gebracht hatte, war sie Denton nicht mehr begegnet. Er hatte sich nicht mit den anderen zurück zum Flugplatz bringen lassen. Sie nahm an, dass er einen anderen Weg gewählt hatte, um zurück nach Hause zu gelangen. Sie hatte nicht nachgefragt, war aber neugierig gewesen. Sich selbst gegenüber konnte sie nicht verhehlen, dass sie gehofft hatte, ihn wiederzusehen und das irritierte sie über alle Maßen. Allerdings bestand eine gewisse Wahrscheinlichkeit dafür, dass sie ihm während dieser Reise begegnen würde. Aber vielleicht auch nicht. Er war gerade auf Tour und sie hatte im *Nashville Star* gelesen, einer Zeitschrift, die sie abonniert hatte, um in Bezug auf verschiedene Country Stars auf dem Laufenden zu sein, dass er in letzter Zeit sehr viel Zeit daheim auf der Ranch in Stonewall im Kreise seiner Familie verbrachte.

Seine Fans fanden es reizend, dass er zwischen den Konzerten stets nach Hause flog, um bei seiner Familie zu sein. Es bezauberte seine ihn anbetenden Fans noch mehr, dass das Land, auf dem er aufgewachsen war, und seine Familie einen solchen Stellenwert in seinem Leben innehatten. Wahrscheinlich war er also auf der Ranch. Er liebte die Ranch, hatte es immer getan. Sie erinnerte sich daran, wie er von Sonnenaufgang bis Sonnenuntergang geschuftet hatte. Ihr Vater hatte die McCoy-Brüder immer dafür bewundert, wie sie Seite an Seite mit den

Rancharbeitern dafür Sorge trugen, dass das Vieh gefüttert wurde und es ihm an nichts fehlte. Aber es war Denton, der wie sein Cousin Wade ein geborener Viehzüchter war. Sie hatte einmal mit angehört, wie der Vorarbeiter und ihr Vater darüber gesprochen hatten, wie gut er war und wie sehr es der Vorarbeiter genoss, mit ihm zusammenzuarbeiten. Denton lebte dieses Leben mit jeder Faser und liebte es von ganzem Herzen.

Er war ein singender Cowboy. Sie konnte sich daran erinnern, wie er schon damals auf einem Pferderücken sitzend gesungen hatte, wenn er zur Arbeit geritten war. Sie fragte sich, ob er seinen Pferden noch immer etwas vorsang. Wenn sie und ihr Vater über Nacht auf der Ranch geblieben waren, dann hatten sie in einer hübschen Wohnung über dem Stall geschlafen. Ihr Schlafzimmerfenster war auf den Viehstall hinausgegangen. An den Abenden, die sie dort verbracht hatten, hatte sie ihn dabei belauscht, wie er seine Lieder einstudierte. Er sang für die Pferde oder Rinder, die sich gerade in den Boxen aufhielten.

Wenn irgendjemand auf eine Ranch gehörte, dann

er. Doch auf die Bühne gehörte er ebenso. Er bewegte sich mit lässiger Anmut und sprach mit dem gedehnten Texas Slang, der dazu führte, dass den meisten Menschen das Herz in der Brust höherschlug. Und ja, zu denen gehörte auch sie. Auch jetzt raste ihr Herz, als sie an ihn dachte.

Sie warf einen Blick in den Rückspiegel und betrachtete die glückliche Familie auf der Rückbank. Das Baby saß in einem Autositz, der entgegen der Fahrtrichtung am Sitz befestigt war. Wade und Allie sahen ihr Kind immer wieder voller Zuneigung an und stellten sicher, dass dessen Decke es vollständig bedeckte. Sie überschütteten es mit Aufmerksamkeit und küssten sich von Zeit zu Zeit. Sie waren süß und führten eine großartige Beziehung. Neid durchfuhr sie stechend. Sie zuckte zusammen. Sie war nicht der Typ Mensch, der heiratete.

Sie war ohne Mutter aufgewachsen. Sie hatte einen außergewöhnlichen Daddy und sich selbst oft eingeredet, dass das ausreichend war. Aber ihr war nicht entgangen, wie einsam ihr Vater war, hatte gesehen, wie sehr er ihre Mutter vermisste. Es bekümmerte sie, dass man jemanden so sehr lieben konnte und dieser dann vielleicht von einem Augenblick auf den anderen nicht mehr da war. Natürlich war es ihre Schuld, dass ihr Vater ihre Mutter verloren hatte. Wenn sie nicht auf die Welt gekommen wäre, dann würde ihre Mutter noch leben. Diesen Gedanken trug sie seit jeher mit sich herum – er sorgte beständig für einen hohlen Schmerz tief in ihrer Seele. Nicht, dass ihr Vater jemals etwas in dieser Richtung gesagt oder auch nur gedacht hätte. Er liebte sie von ganzem Herzen. Er hatte gesagt, dass sie wie ein Geschenk war, dass ihm von ihrer lieben Mutter geblieben war. Dass sich jede süße, liebevolle und lustige Nuance des Wesens ihrer wundervollen Mutter in ihr selbst niedergeschlagen hatte. Nein, ihr Vater verspürte keine Wut oder Bedauern, nur von Zeit zu Zeit überkam ihn eine gewisse Traurigkeit. Sie ertrug den Gedanken nicht, eine solche Liebe zu empfinden. Das, was dem in ihrem eigenen Leben am Nächsten kam, wenn sie es denn mit etwas vergleichen wollte, war ihre allumfassende und nicht enden wollende Schwärmerei für Denton. Ein Leben ohne ihn darin konnte sie sich trotzdem nicht vorstellen.

DIE ZWEITE CHANCE DES MILLIARDENSCHWEREN COWBOYS

Sie liebte ihn nicht – entgegen all der vielen Liebeserklärungen als Teenager. Sie war seit Jahren nicht in seiner Nähe gewesen, aber das Wissen darum, wo er war und dass es ihm gutging, spendete ihr Trost. Sich hingegen vorzustellen, dass er von ihnen gegangen wäre… es war unerträglich, darüber nachzudenken.

Sie konnte also augenscheinlich nicht nachvollziehen, was ihr Vater empfunden haben musste. Sie warf Wade und Allie einen weiteren Blick im Rückspiegel zu. Es überstieg ihre Vorstellungskraft, was dieses süße junge Paar fühlen würde, wenn sie den jeweils anderen verlieren würden. Oder was das Baby in diesem Fall fühlen mochte. Nein – diese Gedanken sollte sie nicht weiterführen.

Es hatte sie verletzt, als Denton damals ihre dummen, unsterblichen Liebeserklärungen nicht ernst genommen hatte – es hatte wehgetan. Als sie ihre Sachen bereits gepackt hatte und ein letztes, demütigendes Mal von ihm abgelehnt worden war, da hatte sie den Schmerz ihre Träume befeuern und sie antreiben lassen. Sie würde alleinbleiben, ein lodernder

Stern, sie würde sich als alleinstehende Frau ihren Weg durchs Leben bahnen. Und nun hatte sie hierher zurückkehren müssen, weil ihr Vater sie brauchte. Schon der Gedanke daran, dass sie ihn hätte verlieren können, brachte sie um. Auch der Gedanke daran, dass sie ihn eines Tages verlieren würde… ihre Kehle wurde eng und plötzlich spürte sie, dass sie drauf und dran war, in Tränen auszubrechen. Sie schob diese Gedanken beiseite und konzentrierte sich auf die Straße und darauf, ihre kostbare Fracht nach Stonewall, Texas zu bringen.

Sie schaltete das Radio ein. Der rückwärtige Bereich verfügte über ein eigenes Radio, daher konnte man ihres, das auf den Country-Kanal eingestellt war, dort nicht hören. Sie musste wieder einen klaren Kopf bekommen und die gefühlsduseligen Gedanken zurück in die verborgenen Winkel ihres Geistes schieben. Aber klar, aus dem Radio erklang das Lied von Denton McCoy, dass sie zutiefst irritierte: ‚Show Me How A Kiss Is Done‘.

Er wusste genauso gut wie sie selbst, dass dies einige der letzten Worte gewesen waren, die sie an ihn gerichtet hatte.

DIE ZWEITE CHANCE DES MILLIARDENSCHWEREN COWBOYS

Als sie diese Worte zum ersten Mal im Radio gehört hatte, hätte sie beinahe einen Unfall gebaut. Dabei konnte es sich nicht um einen Zufall handeln und sie hatte sich gefragt, warum in aller Welt er ein solches Lied geschrieben hatte. Jedes Mal, wenn sie es hörte, erschauderte sie unwillkürlich, denn der Typ im Lied war gefühlsmäßig involviert, ganz im Gegenteil zu Denton vor all den Jahren. Wer auch immer der Kerl sein mochte, über den Denton in diesem Lied sang, er war hundertprozentig dazu bereit, seinem nicht genauer benannten Gegenüber ausführlich zu zeigen, worüber er sang, nämlich wie man küsste.

Nein. Sie schaltete das Radio wieder aus. *Nicht der richtige Zeitpunkt. Ganz und gar nicht.*

* * *

Denton saß auf seinem Lieblingspferd und war dabei, die Ochsen, die demnächst verkauft werden sollten, von der Herde zu trennen, als die schwarze Limousine die Auffahrt hinunterfuhr und an dem gepflasterten Weg hielt, der zur rückwärtigen Terrasse führte. Sein

Herz machte einen Satz, weil er wusste, dass Blaze am Steuer saß.

Mit einem Mal grub sein talentiertes Westernpferd die Vorderhufe in die Erde und wechselte abrupt die Richtung, um den Ochsen, den sie gerade von der Herde getrennt hatten, daran zu hindern, zu dieser zurückzukehren. Da er abgelenkt war, wäre Denton um ein Haar aus dem Sattel geflogen. Er griff nach dem Sattelhorn und warf seinen Körper herum, um sich der neuen Richtung anzupassen. Nur mit Mühe gelang es ihm, im Sattel zu bleiben. Beinahe wäre er im Dreck gelandet, weil ihn Gedanken an Blaze abgelenkt hatten.

Nicht gut.

Gar nicht gut.

Er trieb das Pferd vorwärts und beobachtete, wie der Ochse durch das Tor stürmte, das sein Vorarbeiter aufhielt; dieser lachte auf, als er das Tor hinter dem großen Tier schloss.

„Beinahe hättest du Sand geschluckt. Wo warst du mit deinen Gedanken?"

Denton runzelte die Stirn. „Nirgendwo. Ich habe

nicht achtgegeben und wie du weißt, ist das nie eine gute Sache, wenn man auf dem Rücken dieses Pferdes sitzt."

„Da hast du recht."

„Ich muss zum Haus und Wade und Allie und den kleinen Justin David McCoy willkommen heißen."

„Natürlich, wir schaffen den Rest allein. Sag ihnen, dass ich mich für sie freue."

„Mache ich. Du solltest auch mal bei ihnen vorbeigehen und dir den Kleinen ansehen."

Landon warf ein Bein über die oberste Stange des Pferchs und glitt mit der Leichtigkeit eines Mannes, der an Zäune gewöhnt war, zu Boden. Grinsend ging er auf Denton zu; dieser war mit der gleichen Leichtigkeit abgestiegen und gab ihm nun die Zügel. „Danke, das werde ich. Ich kümmere mich erstmal um das hier. Jetzt geh und schau bei ihnen vorbei. Sie sind bestimmt froh, wieder zu Hause zu sein."

Denton lief zum Gatter auf der anderen Seite des Pferchs. Die Rinder machten ihm den Weg frei, als er durch die Herde schritt. In drei Zügen war er auf dem Gatter und schwang sich auf der anderen Seite hinunter. So war man schneller, als wenn man das Tor öffnete und schloss.

Es war ein recht weiter Weg über den Parkplatz der Ranch bis zum Haus, und er beobachtete während des Laufens, wie Blaze aus der Limousine stieg und anmutig um den hinteren Teil des Fahrzeugs herumging, um die Tür zu öffnen, als Wade sie auch schon von innen aufstieß. Sie hielt sie fest, während seine Familie mit dem Neugeborenen aus dem Wagen stieg.

Als er Blaze sah, geriet sein Inneres in Aufruhr. Sein Großvater hatte ihm mitgeteilt, dass Masterson immer noch beurlaubt war und dass er Blaze gebeten hatte, Wade und seine Familie nach Hause zu fahren und dann hier in der Wohnung zu bleiben, die ihr und ihrem Vater stets zur Verfügung gestanden hatte. Sie sollte für ihn als auch für Allie und das Baby auf Abruf bereitstehen. Als Denton ihm entgegnet hatte, dass Wade sehr wohl in der Lage sei, eine Limousine mitsamt Fahrer für seine Frau und sein Kind zu organisieren, da hatte dieser gesagt, dass er ihnen das gern anbot und es außerdem gern sähe, wenn Blaze ihren Daddy mit zur Ranch brächte, damit er hier etwas Zeit verbringen konnte.

Das war nicht ungewöhnlich, denn Masterson war schon lange in vielerlei Hinsicht Teil ihrer Familie. Und Denton wusste, dass man auf der Ranch hervorragend wieder gesund werden konnte… er hatte schon häufig empfunden, dass dies der Ort war, an dem er am besten zu sich fand und wieder gesund wurde. Hier hatte er sein wollen, als seine Eltern und sein Onkel und seine Tante beim Absturz ihres Privatflugzeugs gestorben waren. Und immer öfter ertappte er sich dabei, dass sich sein Herz nach dieser Heimat sehnte, wenn er unterwegs war.

Sein Traum war wahrgeworden, er war ein berühmter Country-Sänger und doch war er beinahe genauso oft daheim und arbeitete mit den Rindern, wie er im ganzen Land riesige Stadien füllte und vor Menschenmassen sang.

Sein Großvater war aus dem Haus gekommen und grinste, als Wade und Allie ihn erreichten. „Ich war schon ganz außer mir vor lauter Aufregung darüber, euch und das süße Baby zu sehen. Ich freue mich so sehr darüber, dass ihr vorbeigekommen seid, bevor Blaze euch nach Hause fährt."

„Du weißt doch, dass wir ihn auf jeden Fall vorbeibringen würden, damit du ihn sehen kannst." Allie küsste seine Wange, woraufhin sein Lächeln noch breiter wurde. „Er ist so niedlich, du musst ihn einfach lieben."

Denton nahm die berührende Szene in sich auf und kam nicht umhin zu sehen, wie glücklich sein Großvater war. Wade bemerkte ihn als erster, als er auf sie zuging.

„Hallo ihr. Wie geht es dem süßen kleinen Kerl?" Er warf einen Blick auf das schlafende Baby. „Puh, der ist ja klein. Hast du ihn schon gehalten?" Er grinste Wade an.

„Ihn gehalten? Aber sicher. Ich habe sogar seine Windel gewechselt." Er lachte. „Ich wurde bespritzt, als ich das tat. Er hat alles rausgelassen, wenn du verstehst, was ich meine."

Allie kicherte. „Er hat rasch gelernt, dem Jungen seine Windel schnell anzulegen, wenn er es nicht riskieren möchte, bespritzt zu werden."

Hinter sich vernahm Denton ein vertrautes Kichern. Er drehte sich um und sah sich Blaze gegenüber. Sie stand direkt neben seinem Ellbogen und blickte das Baby um seinen Arm herum an. Ihre Nähe war ihm mit einem Mal nur allzu bewusst. Etwas, das aussah wie eine Wickeltasche, hing ihr über die Schulter – wahrscheinlich war es das, was sie aus der Limousine geholt hatte, als er an ihr vorbei und zu seiner Familie gegangen war, die er als eine Art Schutz zwischen sich und sie hatte bringen wollen. Er war ein Feigling. Schlicht und ergreifend, ein Feigling, anders konnte man das nicht nennen.

Er griff nach der Tasche. „Lass mich die nehmen."

„Okay, wenn du willst." Sie zuckte die Achseln und ließ zu, dass er die Tasche nahm. „Wade, mir tut leid, was dir da wiederfahren ist. Ich weiß nicht genau, wovon du redest, kann es mir aber so in etwa vorstellen."

Allie legte den Kopf schief. „Du hast noch nie die Windel eines Jungen gewechselt?"

„Nein. Ich habe noch nie irgendeine Windel gewechselt." Sie sah verlegen drein. „Ich habe nicht viel Zeit mit Kindern verbracht."

„Oh, wirklich?" fragte Allie überrascht. „Nun, das müssen wir ändern. Komm mit rein. Ich zeige es dir."

„Aber ich muss–"

„Nein, du musst nicht beim Auto bleiben. Ich weiß, dass du ein Teil dieser Familie bist. Talbert hat uns berichtet, wie lange dein Vater schon bei ihm ist und dass er seit Jahren am Leben aller Anteil hatte. Du kannst also ruhig das Auto stehen lassen und mit mir eine Tasse Tee oder entkoffeinierten Kaffee trinken. Ich bin mir außerdem sicher, dass der Kleine eine neue Windel braucht und du kannst etwas Erfahrung gebrauchen. Ich werde bestimmt irgendwann mal einen Babysitter benötigen und du wärst–"

„Oh nein, ich weiß nicht, ob–"

Allie unterbrach sie lachend. „Glaub nicht, dass du aus der Nummer rauskommst. Aber du bist nicht die Einzige. Auch Caroline muss erst mit Babys bekanntgemacht werden. Amber und Ginny auch. Warte nur ab, bis die mal eine Windel wechseln muss. Wahrscheinlich rennt sie weg und versteckt sich irgendwo mit Lorretta. Aber ihre kleine pinkfarbene Waffe wird ihr dabei nicht helfen können. Warte es nur ab."

„Lorretta?"

Allie grinste und Denton schmunzelte, genauso wie Talbert und Wade. Sie erreichten die Tür und er griff danach und hielt sie auf, während er den Hilferuf, den er in Blaze' Augen sah, genoss.

Allies Worte streiften ihn, als sie von Blaze gefolgt an ihm vorbeiging. „Das ist ihre kleine pinkfarbene Schrotflinte. Praktisch so etwas wie ihr Kuschelkissen. Du weißt schon, wie ich das meine. Sie ist harmlos, aber es hat Zeiten gegeben, als sie sie zusammen mit der einen oder anderen Drohung eingesetzt hat." Sie warf Wade einen Blick zu, als sie die geräumige Küche betraten.

„Ja, zum Beispiel, als ich zum Gericht kam, um Allie zu heiraten. Sie hat mir mit diesem Ding gedroht. Mir war klar, dass ich mich Allie gegenüber besser anständig verhalten würde, sonst würde ich es mit Ginny und Loretta zu tun bekommen."

„Versteh mich nicht falsch", warf Allie ein. „Sie würde keiner Fliege etwas zu leide tun – nein, das nehme ich zurück. Wenn ich mich einer echten Bedrohung gegenübersähe, hätte ich sie und Lorretta gern an meiner Seite."

„Verstehe. Ich werde dich beim Wort nehmen." Blaze sah ihn erneut an, als Wade die Babyschale auf der Kücheninsel abstellte und anfing, verschiedene Schnallen zu öffnen. Besorgt beobachtete sie, wie er das Baby hochhob, als hätte er nie etwas anderes getan. „Er ist wirklich sehr klein", sagte sie.

„Habe ich doch gesagt." Unfähig sich zurückzuhalten, zwinkerte er ihr beschwichtigend zu. „Du wirst das gut machen. Allie ist eine gute Lehrerin und wird dir zeigen, wie es geht."

Allie lachte und packte ihn am Arm. „Glaub nicht, dass du aus der Sache rauskommst. Du wirst diese Dinge auch lernen müssen. Folge mir bitte. Und du, Talbert McCoy, unterbrichst deinen Rückzug und kommst ebenfalls mit. Ihr könnt zuschauen. Blaze bekommt die praktische Unterweisung. Ihr werdet auch irgendwann an der Reihe sein und ich möchte, dass ihr wisst, was zu tun ist."

Wade stieß ihn mit dem Ellbogen an, als er mit dem Baby an ihm vorüberging und alle folgten Allie – der ruhigen, schüchternen Allie – durch die Küche ins

Wohnzimmer, wo sie sich auf dem Rand der Couch niederließ. „Leg ihn hier hin. Blaze, du musst dich dorthin knien und näher herankommen. Keine Angst.“

Denton hatte Blaze noch nie so unsicher erlebt. Er hätte ihr gern geholfen – andererseits war auch er nicht imstande, eine Windel zu wechseln.

KAPITEL VIER

Blaze war sich nur allzu bewusst, dass Denton sie beobachtete, als sie sich neben Allie und das Baby kniete. Sie wusste nichts über Babys – hatte nie Zeit mit einem verbracht. *Was dachten die anderen sich bloß?*

Wie war sie in diese Lage geraten? Sie hatte sie doch lediglich zur Ranch fahren sollen. Sie hatte nicht gedacht, dass sie dem kleinen Justin derart nahekommen würde. Es war nicht so, dass sie Babys nicht mochte. Sie machten sie nervös, da sie nie Zeit mit ihnen verbracht hatte und so nahe wie jetzt gerade war sie ihnen erst recht nie gekommen.

Als Allie die Laschen zu lösen begann und ihr erklärte, wie man eine Windel wechselte, da bekam sie zunächst nicht das geringste mit, weil ihr Herz wie wild pochte. Das war lächerlich. Es ging schließlich nur um eine Windel.

Allie machte eine Pause. „Okay, sieh mich nicht so verängstigt an. Ich gebe dir jetzt die Windel und wenn ich das tue, dann ziehst du die da unter seinem winzigen Hintern hervor. Halte seine Füße so mit der Hand und hebe ihn etwas hoch."

Blaze sah zu, wie Allie die Füße des Babys mit den Fingern einer Hand festhielt und sein Hinterteil sanft von der Couch hob. Blaze legte ihre Finger um seine Knöchel und Allie ließ los. Blaze bemühte sich darum, so sanft wie möglich zu sein und ihn genauso zu halten, wie Allie es getan hatte. Seine Knöchel waren winzig und seine Haut so unfassbar weich. Und dann seine Füße – so winzig und bezaubernd. Sie hielt sie hoch und beobachtete, wie Allie die Windel kurz wegzog, bevor sie sie wieder an ihren Platz legte.

Blaze hatte das Innere der Windel sehen können – Gott sei Dank war sie nur nass. Ihr fiel auf, dass sie den Atem angehalten und gehofft hatte, dass sie nichts anderes darin vorwinden würden.

Erleichtert lächelte sie. „Okay, ich denke, ich hab's. Ich ziehe sie also einfach weg–" Sie zog an der Windel. Gleichzeitig erhoben sowohl Allie als auch Wade die Hände und bedeuteten ihr, nicht weiterzumachen.

„Warte", sagte Allie im gleichen Moment.

Blaze hielt inne und hatte das Gefühl, auf dem Schlauch zu stehen. Sie hielt die kleinen Knöchel und biss sich auf die Lippe. „Okay, was ist?"

Alle grinsten sie breit an. Ihre Wangen brannten. Wie unfair das war – und dieser gutaussehende Mann weidete sich fröhlich an ihrer Lage. Er hätte das tun sollen – er war schließlich der Cousin, nicht sie. Auch wenn es ihr nichts ausmachte. Sie lernte etwas Neues und das Baby war wirklich süß. Sie riss ihren Blick von Denton los und blickte zurück zu dem Baby und ihr wurde klar, dass sie soeben davor gerettet worden war, von dem kleinen Kerl vor ihr nassgespritzt zu werden. Er schien das voller Freude zu tun, sobald sich ihm die Gelegenheit dazu bot.

Sie sah zu Allie, die sie angrinste. „Und nun?"

Allie kicherte. „Okay, zuerst schiebst du die

frische Windel unter seinen Po. Ja, genau so. Dann ziehst du die nasse hervor, legst ihn wieder ab und befestigst die Laschen. Ganz genau. Das hast du gut gemacht.“

Sie hatte es geschafft. Sie hatte eine Babywindel gewechselt. Überrascht stellte sie fest, wie stolz sie für einen Augenblick war. Wer hätte geglaubt, dass sich etwas so Geringfügiges wie eine große Leistung anfühlen würde? „Wow, das war gar nicht so schwer.“

„Du hast dich besser angestellt als ich.“ Wade stupste Denton an. „Beim nächsten Mal ist er hier an der Reihe und vielleicht hat er nicht solches Glück. Irgendwann kommt der Punkt, an dem das Wechseln der Windel nicht ganz so einfach sein wird. Ich glaube, ich werde mich auf die Suche nach Denton machen, wenn das der Fall ist.“

„Hey, freu dich nicht zu früh. Ich mache Musik – ich wechsele keine Windeln.“

„Wow, das klang, als würdest du sagen, dass du dir zu gut bist, um meinem Kind die Windeln zu wechseln.“

„Nein, das habe ich nicht gemeint. Ich meinte, ich

weiß, wie man Musik macht, was ich nicht weiß, ist, wie man Windeln wechselt und nun ja… wahrscheinlich wäre ich schlecht darin.“

Talbert lachte auf seinem Stuhl, auf dem er ihnen allen gegenüber Platz genommen hatte. „Du warst noch nie schlecht bei irgendetwas, das du dir in den Kopf gesetzt hattest.“

„Das stimmt.“ Wade zog eine Braue hoch. „Du wirst es gut machen. Du warst schon immer in allem gut. Du hast eine Gitarre in die Hand genommen und dir selbst das Spielen beigebracht. Als du beschlossen hattest, auf Großmutters Klavier spielen zu wollen, da hast du dich einfach hingesetzt und bevor wir anderen noch zweimal blinzeln konnten, da spieltest du schon. Und du bist schnell. Auch etwas, das ungemein praktisch ist, wenn man die Windeln eines kleinen Jungen wechseln möchte.“

Dentons Blick traf ihren und sie lächelte. „Er hat recht. Du hast Neues immer schnell gelernt. Ich war immer eingeschüchtert davon, wie talentiert du warst.“ Es hatte sie beständig erstaunt, wie gut er in fast allem war. Soweit es sie betraf, war er immer in allem der

Beste gewesen. Ihn dabei zu beobachten, wie er sich hingesetzt und zum ersten Mal ein Lied gespielt hatte, hatte sie als junges Mädchen inspiriert. Einige Leute waren einfach so. Sie selbst konnte nicht einmal ‚Mary Had a Little Lamb' auf dem Klavier spielen, ohne ständig die falschen Tasten anzuschlagen. Sie hatte immer spielen lernen wollen, aber nie die Gelegenheit dazu erhalten. Es hatte Zeiten gegeben, in denen sie sich in das Klavierzimmer geschlichen und die Tasten berührt hatte. Ein paar Mal hatte sie sogar zu spielen versucht, wenn niemand in der Nähe gewesen war. Aber sie war schlecht gewesen.

Es war nicht annähernd so gewesen wie an dem Tag, an dem Denton Platz genommen und zu spielen begonnen hatte. Er musste ungefähr sechzehn gewesen sein, dachte sie. Sie war elf gewesen und hatte sich im Zimmer aufgehalten, als sie ihn hatte kommen hören. Sie war in die Ecke geeilt, wo sich neben den Bücherschränken ein Tisch mit Pflanzen darauf befand. Sie hatte sich geduckt und ihn durch die Blätter hindurch beobachtet.

Da sie jung und schüchtern und außerdem verliebt

in Denton war, versteckte sie sich oft, wenn er in der Nähe war, damit sie ihn beobachten konnte. Ja, sie war ein bisschen seltsam gewesen, aber sie war eben noch ein Kind gewesen.

An diesem Tag war er mit seiner Gitarre hereingekommen und hatte das Klavier angestarrt. Dann hatte er sich auf die Bank gesetzt und einen Finger auf die Tasten gelegt. Er hatte erst eine angeschlagen, gelauscht und dann eine weitere gedrückt. Nachdem er das einige Male getan hatte, hatte er zwei oder drei Finger gleichzeitig benutzt. Anschließend hatte er beide Hände auf die Klaviatur gelegt und mehrere Tasten auf einmal gedrückt, und es hatte sich gut angehört. Nicht wie das, was ihren eigenen Bemühungen entsprungen war. Und dann fing er an zu spielen, langsam und mühelos und es hatte nicht so schief geklungen wie ihre eigenen Versuche oder die von anderen. Nein, es hatte wie Musik geklungen, er hatte gelauscht, andere Tasten angeschlagen und mit einem Mal hatte er ein Lied gespielt. Es war unglaublich gewesen.

Und er selbst hatte beinahe genauso erstaunt

ausgesehen wie sie; dann hatte er gelächelt und ihr Herz noch ein bisschen mehr zum Schmelzen gebracht. Von ihrem Versteck aus hatte sie sein Gesicht von der Seite und seine langgliedrigen Finger auf den Tasten sehen können, während er spielte. Sie war dermaßen verliebt in diesen jungen Mann gewesen. Von diesem Moment an hatte sie ihn wirklich verfolgt. Eine jugendliche Stalkerin war sie gewesen, anders ließ es sich nicht sagen.

Und sie war neidisch auf ihn gewesen. Er konnte einfach alles. Sie lächelte ihn an. „Was Wade gesagt hat, stimmt. Du weißt, dass du es tun kannst und du wirst großartig mit dem kleinen Kerl umgehen. Jedes Baby, das in diese Familie hineingeboren wird, wird von wundervollen Männern und Frauen geliebt werden. Und natürlich auch von Mr. McCoy.“

Sie lächelte ihn an und er erwiderte die Geste. Der Mann war ungewöhnlich ruhig.

„Sie hat völlig recht. Hör auf, dir Sorgen zu machen. Sogar ich kann eine Windel wechseln – es ist nichts dabei.“ Talbert streckte die Hände aus. „Du wirst Ashs und Hollys Kindern ein großartiger Onkel sein und diesem Kleinen hier ein großartiger älterer Cousin. Wenn er größer wird, wird er dich als seinen Onkel betrachten. Nun gib ihn mir schon, jetzt bin ich an der Reihe, ihn zu halten. Holly wird demnächst mit Tess vorbeikommen, damit sie ihn kennenlernen kann. Auch sie wird den kleinen Justin lieben."

Wade hob Justin hoch und legte ihn in Talberts Arme. Sie alle sahen zu, wie ihr Großvater dem Baby unsinniges Zeug erzählte.

Denton lächelte und sie erkannte, wie sehr er seinen Großvater liebte und sich darüber freute, dass dieser ein weiteres Kind zum Kuscheln hatte.

Sie sah Allie an. „Ich werde meinen Koffer hineinbringen, während ihr hier seid. Sag mir einfach Bescheid, wenn ihr nach Hause wollt."

„Das klingt gut. Bis bald. Und es war wirklich schön, dich kennenzulernen."

Sie mochte Allie sehr. „Ebenso. Ich habe es genossen, deine Bekanntschaft zu machen."

Sie war bereits auf der rückwärtigen Veranda angekommen, als Denton zu ihr aufschloss.

„Brauchst du Hilfe mit dem Gepäck?"

Sie wirbelte herum und ihr Herz raste. „Es geht mir gut." Sie ging los, doch er lief neben ihr her.

„Ja, es geht dir gut. Und du bist imstande, das selbst zu tun. Aber das hier ist Texas und außerdem befinden wir uns in Stonewall auf der McCoy Ranch, und hier draußen lässt man nicht zu – niemals – dass eine Dame ihre Taschen selbst trägt. Mein Großvater würde mir das Fell gerben, wenn ich das geschehen ließe. Denn eins kannst du mir glauben, er hat mich im Blick."

Sie erreichten die Limousine und er nahm auf dem Beifahrersitz Platz. „Fahren wir oder bleibst du dort stehen?"

Sie gab auf, setzte sich hinters Steuer und starrte ihn an. „Du musst das nicht tun."

„Doch, muss ich. Und jetzt fahr."

* * *

Denton stellte die Koffer in der Mitte der Wohnung über den zentralen Ställen ab. Es war Jahre her, seit er hier oben gewesen war. Masterson übernachtete immer noch mehrmals im Monat hier, wenn sein Großvater zu verschiedenen Vorstandssitzungen nach Houston fuhr. Ihm fiel auf, dass er ihn schon seit längerem nicht mehr gesehen hatte. Da er selbst kam und ging, hatte er sich nichts dabei gedacht und angenommen, dass sie sich immer zufällig verpasst hatten. Großvater hatte erst vor Kurzem erwähnt, dass er gesundheitliche Probleme hatte.

Als Blaze noch hier gelebt hatte, hatte er die Wohnung gemieden. Er hatte versucht, einen gewissen Abstand zu ihr zu wahren, nachdem sie begonnen hatte, ihn mit ihren unermüdlichen Liebeserklärungen zu bombardieren. Beinahe hätte er gelächelt, als er jetzt daran dachte. Damals waren sie jung gewesen. Sie war fünf Jahre jünger als er und er hatte sich für so erwachsen gehalten und gefunden, dass sie ein sonderbares Kind war.

Wenn er jetzt zurückdachte, dann begriff er, dass er gewusst hatte, dass sie einsam war. So wie sie lebte, das ständige Hin- und Hergefahre, er hätte verständnisvoller sein sollen. Aber so waren männliche Teenager wohl, sie dachten eher an etwas reifere weibliche Teenager. Nicht an kleine Streuner. Er hatte richtig gehandelt, als er sie abgewiesen hatte; aber er hätte verständnisvoller sein sollen. Sie hatte es nicht besser gewusst, aber er hatte das und er war dankbar dafür.

Als sie nun inmitten der Wohnung standen und einander anstarrten, da stand ihre gemeinsame Vergangenheit wie ein einziger peinlicher Zwischenfall zwischen ihnen. Und eine Sache war ihm nur allzu bewusst: sie war definitiv kein kleines Mädchen mehr. Und doch war er neulich abends in der Limousine unhöflich zu ihr gewesen.

Er fuhr sich mit der Hand durchs Haar. „Sieh mal, Blaze. Ich war neulich Nacht unhöflich zu dir und das tut mir leid. Ich habe dich für deine Handlungen als Kind verantwortlich gemacht. Das tut mir leid. Ich entschuldige mich nicht dafür, dass ich dich damals abgewiesen habe. Denn ich denke, das ist dir klar, damals waren fünf Jahre eine Menge. Aber–"

Sie lächelte. „Ich verstehe, das kannst du mir glauben. Es war peinlich. Beschämend. Ich habe erst vor Kurzem darüber nachgedacht. Du musst zutiefst entsetzt darüber gewesen sein, als ein ungelenkes kleines Mädchen hinter dir herzulaufen begann, das ständig ihre unsterbliche Liebe beteuerte. Tut mir leid. Heutzutage bin ich schlauer. Ob du es glaubst oder nicht, aber ich laufe heute nicht mehr herum und erkläre meine Liebe, außer meinem Vater gegenüber."

Sie hatte also keinen Freund, so wie es klang. Doch diese Frage würde er nicht stellen.

„Du hast also keinen Freund?" *Was?* Das hatte er nicht fragen wollen – wieso war er dann mit dieser Frage herausgeplatzt?

„Nein. Oh, ich hatte welche, aber ich fand die wahrscheinlich genauso nervig, wie ich selbst als Kind gewesen sein muss. Nein, ich bin einfach niemandem begegnet, der mich dazu gebracht hätte, erneut in dieses Becken zu springen und mit den Haien zu schwimmen."

Nun, das war interessant. „Warum?"

„Das geht dich nichts an. Ich muss mich nicht verabreden."

Nein, musste sie nicht, warum machte er sich also Gedanken deswegen? „Okay, dann gehe ich mal. In ungefähr einer Stunde startet mein Flugzeug. Morgen Abend gebe ich ein Konzert in Oklahoma."

„Ah, wo findet es diesmal statt?"

„In Oklahoma City. Wenn es weiter weg gewesen wäre, hätte ich schon heute Morgen aufbrechen müssen."

„Du machst das toll. Ich habe ein Video von einem deiner Konzerte gesehen und du bist ein Entertainer. Als du in Kalifornien warst, hätte ich die Gelegenheit gehabt, zu einem Konzert zu gehen, wir hatten großartige Sitzplätze. Aber ich bin nicht hingegangen. Ich wollte es vermeiden, seltsame Schwingungen auszusenden, sodass du vielleicht denken würdest: *oh nein, wie merkwürdig es ist, wenn Blaze Masterson in der Nähe ist.*" Sie kicherte, ihre Augen tanzten und neckten ihn. „Ich kann es mir direkt vorstellen, wie du da oben auf der Bühne stehst und besorgt über deine Schulter schaust."

Er spürte eine plötzliche und starke Anziehung. Er unterdrückte sie und grinste. „Ja, deine Schwingungen waren ziemlich stark. Ich habe eigentlich immer gespürt, wann du in der Nähe warst."

Sie grinste. „Nun, das stimmt nicht. Ich war oft in deiner Nähe, ohne dass du den leisesten Schimmer hattest.“

„Was?“ Seine Augen verengten sich ungläubig.

„Oh, es ist wahr. Ich habe dich wirklich verfolgt. Ich habe dich aus der Ferne und aus der Nähe beobachtet. Ich war schrecklich und entschuldige mich dafür.“

„Das hast du nicht. Ich hätte es gewusst.“

„Herr Neunmalklug, du warst nicht so sensibel, wie du dachtest. Ich war ziemlich gut darin, mich leise zu bewegen.“

„Nenn mir ein Beispiel. Ich wusste es immer, wenn du da warst. Ja, du hast dich vielleicht angeschlichen, aber dann habe ich dich gesehen und bin weg geritten oder gegangen.“

Sie legte den Kopf schief und hielt seinen Blick mit ihren funkelnden Augen fest. „Ich war an dem Tag dort, als du zum ersten Mal Klavier gespielt hast. Du weißt schon, du bist mit deiner Gitarre in das Klavierzimmer gegangen und hast das Klavier studiert, dann hast du dich hingesetzt, deine Gitarre gegen die

Bank gelehnt und eine Taste mit dem Finger berührt. Dann noch eine und nach ein paar Augenblicken hast du einfach gespielt. Das war ziemlich cool."

Das hatte sie mitangesehen? „Wo? Wo warst du?"

„Hinter den Pflanzen und dem Tisch neben dem Bücherregal. Es war ein tolles Versteck. Und ich war klein, deswegen passte ich gut hinein. Ich habe mich nicht oft dort versteckt und tatsächlich war es das erste Mal, dass ich dort Zuflucht fand. Ich war bereits im Zimmer, als ich dich kommen hörte. Ja, ich war schon drin und ich hörte deine Sporen und wusste, dass du es bist. Ich habe mich beeilt und mich versteckt und dich durch die Blätter der Pflanze beobachtet."

„Wow, ich hatte nicht die geringste Ahnung, dass du dort warst. Ich erinnere mich an diesen Tag. Du hast es gut beschrieben. Es war ein toller Tag. Ich hatte mir vorgenommen, auf dem Klavier zu spielen. Ich hatte ein Video gesehen, in dem jemand Klavier spielte und das hatte einen Nerv in mir getroffen, deswegen beschloss ich, es zu versuchen. Ich beobachtete seine Finger und achtete auf das Geräusch, das jede Taste machte... ich musste es einfach ausprobieren. Ich wusste, dass es mir beim Schreiben meiner Lieder helfen würde. Ich konnte die Töne in meinem Kopf hören und die Tasten sehen, und als ich mich setzte und sie berührte, da fügte sich alles zusammen. Eine umwerfende Erfahrung. Mit der Gitarre war es ähnlich gewesen, doch darüber hatte ich nie viel nachgedacht. Mit dem Klavier schien es etwas anderes zu sein. Heute weiß ich, dass es etwas ist, das manche Menschen können, sie haben die Gabe, das zu spielen, was sie hören."

„Die hast du definitiv. Ich, nun ja… ich habe auch immer Klavier spielen wollen. Deswegen war ich in diesem Zimmer und eins kannst du mir glauben, als ich meine Finger auf die Tasten legte, da klang das ganz anders als bei dir."

„Du hast auch spielen wollen? Das war bestimmt nicht so schlecht."

Sie lachte abrupt auf. „Oh doch, ich gebe dir mein Wort – es klang furchtbar. Es hatte mich gepackt und ich war ein wenig eifersüchtig auf dich. Und natürlich habe ich dich von diesem Moment an nur noch mehr vergöttert."

Plötzlich sah er sie vor sich, wie sie damals gewesen war, ein kleines Ding. Schlaksig und mit unzähmbaren Haaren, die ihr die halbe Zeit im Gesicht hingen, bis sie später begann, sie in einen Pferdeschwanz zu binden, der praktisch ihr Gesicht nach hinten zog, so straff war er gebunden. „Warum hast du deine Haare so straff zurückgebunden, als du ein Teenager warst?"

Zögerlich sah sie ihn an und fuhr sich unwillkürlich mit der Hand über das glatte Haar, das in nichts aussah wie das wilde Haar des Kindes, an das er sich erinnerte. „Sie waren so voluminös und es wurde schlimmer, als ich ein Teenager wurde. Sie waren mir peinlich und ich wollte sie bändigen. Warum?"

Er seufzte und spürte Mitgefühl in sich aufsteigen. Er hatte sie verunsichert. „Nun, jetzt sind sie sehr hübsch und auch damals waren sie nicht so schlimm, wie du dachtest. Wie bekommst du sie so glatt?"

Sie biss sich auf die Lippe, sah beinahe etwas verletzlich aus. „Ich glätte sie. Es erfordert ein wenig Arbeit, damit sie so aussehen."

Er lächelte und verspürte plötzlich den Wunsch,

ihre Haare zu berühren. Außerdem fragte er sich, wie sie wohl aussah, wenn es wild und ungebändigt war. Der Gedanke erschütterte ihn. „Du solltest sie lockig tragen."

„Nein, sollte ich nicht. Glaub mir."

Er zuckte mit den Schultern. „Geht mich auch nichts an. Tut mir leid, aber ich bin anderer Meinung. Ich muss los. Ist zwischen uns alles in Ordnung? Haben wir einen Waffenstillstand?" Er streckte seine Hand aus.

Ihr Gesichtsausdruck hellte sich auf und sie legte eine Hand in seine. „Ja, wir haben einen Waffenstillstand."

Das Gefühl ihrer weichen Hand in seiner durchfuhr ihn mit einem Ruck. Seine Finger schlangen sich um ihre und hielten sie fest. Sie starrten einander an und die Zeit stand still…

Denk nach, Mann.

„Das freut mich." Er ließ ihre Hand los, trotzdem er das nicht wollte. „Okay, ich muss mein Flugzeug erwischen. Vielleicht sollten wir etwas wegen des Konzerts unternehmen, zu dem du nie gegangen bist. Wenn du das willst?"

Sie verschränkte die Arme und zögerte. „Könnte lustig werden. Und wenn du weißt, dass ich da bin, würden dich meine Schwingungen vielleicht nicht durcheinanderbringen.“

Er lächelte unwillkürlich und ein Gefühl der Leichtigkeit überfiel ihn. „Vielleicht. Schau dir einfach den Konzertplan an und sag mir, wann du Zeit hast.“

Mit diesen Worten machte er sich auf den Weg. Aber in einem Punkt war er nicht ihrer Meinung. Ihre Schwingungen würden ihn definitiv durcheinanderbringen. Das hatten sie bereits getan.

KAPITEL FÜNF

Langsam schritt Blaze zum Fenster, nachdem Denton die Tür hinter sich geschlossen hatte. Sie schaute an den blauen Vorhängen vorbei und beobachtete, wie er die unterste Stufe erreichte und dann über den Kies auf dem Hof zu seinem schwarzen Truck schritt. Ihr Vater hielt sie gern über die Familie auf dem Laufen; vor einiger Zeit hatte er ihr erzählt, dass Denton nicht mehr im Haupthaus lebte, sondern irgendwo auf dem riesigen Gelände der Ranch ein eigenes Haus gebaut hatte. Ein Zuhause, in das sie noch nie einen Blick geworfen hatte. Ihr Herz schlug in einem heftigen Stakkato und ihr stockte der Atem. Denton sorgte dafür, dass sie sich atemlos fühlte.

Immer noch.

DIE ZWEITE CHANCE DES MILLIARDENSCHWEREN COWBOYS

Nach all den Jahren, auch als Erwachsene noch.

Ihr fiel auf, dass ihre Hand wie von selbst zu ihrem unruhigen Herzen gewandert war und dessen Rhythmus nachspürte, so als wolle sie es zurückhalten, all die beunruhigenden Gefühle zu empfinden, die sie nicht fühlen wollte. Während er in seinen Truck stieg, begann sie zu fürchten, dass ihre Besessenheit erneut aufflammen würde. Oder vielleicht war sie auch niemals erloschen.

Sie wandte sich ab, packte die Griffe ihrer Koffer und schob sie in ihr Zimmer. Sie würde sich nicht weiter damit befassen. Sie war erwachsen und beabsichtigte nicht, sich erneut in ein Gefühlschaos oder Obsessionen verwickeln zu lassen. Heutzutage, als erwachsene, voll entwickelte Frau bestimmte sie, wo es lang ging. Nichts und niemand beherrschte sie, sie strebte nicht länger nach Ruhm und Anerkennung so wie damals, als sie nach Kalifornien gegangen war und vom Modeln geträumt hatte. Sie hatte diesen Traum verworfen, mitsamt all der Enttäuschungen und trügerischen Illusionen, die bald Realität geworden waren, nachdem sie erst einmal dort angekommen war.

Es mochte auch Frauen geben, die andere Erfahrungen machten, aber sie wusste, dass es vielen ebenso erging wie ihr selbst. Naiverweise hatte sie jedoch geglaubt, dass sie eine von denen sein würde, der es gelingen würde, erfolgreich zu sein, ohne dass jemand versucht hatte, sie auszunutzen oder für seine Zwecke zu missbrauchen. Sie hatte sich geirrt. Als sie damals die Ranch zwei Tage nach ihrem Abschluss verlassen hatte, um sich in Kalifornien ihrer Ausbildung zu widmen und nebenbei ihre Modelkarriere voranzutreiben – da hatte sie sich selbst geschworen, dass sie ihren Gefühlen nie wieder gestatten würde, die Oberhand zu erlangen, wenn es um die Liebe ging. Bis jetzt war das einfach gewesen, da sie nie Gefühle verspürt hatte, die Liebe auch nur ansatzweise nahekamen, wenn sie sich mit einem Mann verabredet hatte.

Sie fürchtete, dass sie wusste, warum das so war, aber sie weigerte sich, sich selbst einzugestehen, dass sie möglicherweise in Denton verliebt war.

Das durfte sie nicht zulassen. Aber ihr Herz pochte vor Sorge, dass es dafür womöglich schon zu spät war. Denn zum ersten Mal überhaupt hatte sie, als sie sich angestarrt hatten, das Gefühl gehabt, dass er vielleicht etwas anderes für sie empfunden haben könnte als Verachtung.

Sie sollte in die Limousine steigen und ihren Hintern zurück nach Houston schwingen und dortbleiben. Es war allerdings wichtig, dass sich ihr Vater im Moment auf der Ranch aufhielt. Sie würde also wie mit Mr. McCoy besprochen, am Morgen zurückfahren und ihn herbringen. Für eine Weile würden sie beide hier wohnen. Frische Luft und morgendliche Spaziergänge waren das, was ihr Vater brauchte, daher würde sie es auf sich nehmen, hier zu sein. Sie musste nur nett sein, ihre Abwehrmechanismen hochfahren und ihr wildgewordenes Herz im Zaum halten und sich weiterhin darauf konzentrieren, bald wieder von hier zu verschwinden und nicht darauf zu hoffen, dass es vielleicht eine winzig kleine Chance gäbe, dass Denton sich nach all den Jahren tatsächlich in sie verliebte und ihre Kindheitsträume wahr wurden.

Sie hielt inne und zog ein paar Kleidungsstücke

aus einem der Koffer. Vielleicht war genau das das Problem. Vielleicht war es an der Zeit, neue Träume – Erwachsenenträume – zu erschaffen.

Darum würde sie sich kümmern, wenn sie wieder zurück in Houston war. Sie würde sich vielleicht selbst dazu nötigen, ein Profil auf einigen dieser Dating-Plattformen zu erstellen.

Ja, sie hatte einen Plan. Auf diesen musste sie sich konzentrieren und ihren Blick auf das Ziel richten und nicht auf den Moment, in dem sie und Denton sich die Hand geschüttelt und stocksteif dagestanden hatten, während die Luft um sie herum geknistert hatte. Wahrscheinlich war das ohnehin nur ihr so vorgekommen. Genauso wie in ihrer Jugend. Am besten hielte sie so viel Abstand wie möglich. Denn damals hatte sie sich vorgestellt, dass er Gefühle für sie hatte und sie beabsichtigte nicht, diesem Trugschluss erneut zu unterliegen.

* * *

Denton und Ash sahen einander an, sobald er das Büro

seines Großvaters betrat. Er erkannte die Warnung in den Augen seines Bruders. Denton wandte den Blick ab und begegnete dem seines Großvaters. Dieser saß hinter seinem riesigen Eichenschreibtisch, jenen inzwischen vertrauten Ausdruck der Vorfreude gemischt mit Gewitztheit auf dem Gesicht, der bei Denton alle Warnglocken zum Läuten brachte. Sein Großvater hatte dieses Treffen anberaumt und dafür gesorgt, dass sie alle anwesend waren.

Caroline stand auf der anderen Seite des Raumes und sah aus dem Fenster. Sie trug ein elegantes Outfit, das ihm sagte, dass sie nach diesem Treffen in die Stadt fahren würde. Wahrscheinlich traf sie sich mit jemandem von der Galerie, die ihre Kunstwerke ausstellte oder mit sonst irgendjemandem, der an einem ihrer verschiedenen Unterfangen beteiligt war. Heutzutage kam er nicht mehr mit, wenn es darum ging, was sie gerade tat. Trotzdem sie sich meist in ihrem Studio verschanzte oder Shoppen ging, was sie zu oft tat, wie ihr Großvater zu Recht angemerkt hatte, führte sie ein Leben, das nicht nur hier auf der Ranch stattfand.

Ash stand in der Nähe des Kamins und sah entspannt aus. Er hatte diesen Zirkus bereits durchlaufen und war als glücklicher Mann daraus hervorgegangen.

Beck, der Denton von Oklahoma hergeflogen hatte, betrat den Raum hinter ihm. Er knurrte frustriert und ärgerlich, als auch er den Gesichtsausdruck ihres Großvaters zur Kenntnis nahm. Es bestand nicht der geringste Zweifel daran, dass es erneut um Großvaters Testament zu Lebzeiten gehen würde, wie er es nannte.

Talbert musste ihnen nicht erklären, warum er dieses Treffen einberufen hatte.

Denton fühlte sich schrecklich, als er durch den Raum ging und sich in einen der mächtigen Ledersessel vor dem Schreibtisch seines Großvaters sinken ließ, während er sich darum bemühte, so entspannt wie möglich auszusehen. So als kümmerte ihn das alles nicht. Doch es kümmerte ihn sehr wohl. Er wollte nicht gezwungen werden, etwas zu tun, dass er selbst nicht tun wollte. Dieses Land war ein Teil von ihm; seine Wurzeln befanden sich hier, von seinem Großvater zu seinem Vater und seiner Mutter, dieses

Land liebte er mit seinem ganzen Herzen. Das wurde ihm stets besonders deutlich, wenn er unterwegs war, auf Tour, von Fans umgeben – Leuten, die dachten, dass sie ihn kannten, doch in Wahrheit verband sie nur die Liebe zu seiner Musik. In diesen Momenten sehnte er sich danach, wieder hier zu sein, über das Land zu reiten und zu schreiben. Wenn er jemals heiraten sollte, dann wollte er, dass seine Kinder hier, auf diesem Land aufwuchsen. Wollte, dass sie sich ihm verbunden fühlten und wussten, dass sie Teil eines größeren Ganzen waren. Er wusste, dass sein Großvater ihn in der Hand hatte, was auch immer aus seinem Mund kommen würde. *Warum hatten sein Großvater und sein Großonkel J.D. nur beschlossen, das zu tun?*

Sie hatten geschlussfolgert, dass Onkel J.D. es aus Liebe getan hatte, dass er seinen Enkeln hatte zeigen wollen, dass es im Leben mehr gab als Geld, Land und Besitz. Dass Liebe und Gefühle das wichtigste waren. Er verstand das. *Warum wollte man ihn also zwingen, etwas zu tun, mit dem er nicht im Mindesten einverstanden war?*

Beck trat an seine Seite, setzte sich aber nicht. Stattdessen verlagerte er sein Gewicht auf ein Bein, verschränkte die Arme, legte den Kopf schief und musterte seinen Großvater unter der Krempe seines schwarzen Hutes hervor. „Großvater, tu das nicht."

Für einen Moment sah ihr Großvater sie mitfühlend an, doch dann hob er seine Hand. „Wartet mal. Ihr alle wisst, dass ich euch liebe. Ash kann bezeugen, dass sein Leben im Augenblick erfüllt und fantastisch ist. Weitaus besser als es das vor zwei Monaten war."

Denton setzte sich aufrechter hin. „Großvater, das was Ash wiederfahren ist, nahm bereits seinen Lauf. Holly war schon auf dem Weg hierher. Du hast nur ein wenig nachgeholfen, das ist alles."

„Ich habe die Dinge etwas beschleunigt."

Ash schmunzelte. „Das hat er tatsächlich. Kommt schon, ihr wisst, dass er sich ohnehin entschieden hat. Ihr könnt dem Ganzen zumindest eine Chance geben. Ich bin glücklicher als ich mir jemals zu träumen erhofft hätte. Das könnte euch demnächst auch so gehen. Und um ehrlich zu sein, hat Großvater uns wirklich geholfen. Ohne sein Zutun würden wir wahrscheinlich immer noch gegen unsere Gefühle ankämpfen und unser kostbares Baby wüchse nicht in ihrem entzückenden Körper heran. Also ja, ich weiß, wie ihr euch fühlt – mir ging es genauso und das wisst ihr. Aber ich kann die Wahrheit nicht abstreiten. Also seid vielleicht etwas aufgeschlossener. Unsere Cousins werden zustimmen, dass ihr Großvater ihnen die Köpfe geradegerückt hat."

Caroline wandte sich mit einem äußerst argwöhnischen Gesichtsausdruck vom Fenster ab. Er wusste, dass sie befürchtete, als nächste an der Reihe zu sein. Bei ihrem letzten Treffen hatte Talbert am ausführlichsten mit ihr gesprochen, daher nahm sie an, dass sie die nächste war. Er jedoch war sich sicher, dass sein Großvater etwas für ihn auf Lager hatte. Diese Befürchtung trug er bereits mit sich herum, seit er in jener Nacht, in der bei Allie die Wehen eingesetzt hatten, Blaze Masterson hinter dem Lenkrad der Limousine vorgefunden hatte, nachdem sie alle eingestiegen waren.

An diesem Abend hatte er Blaze auf dem Flug

hierher eine Nachricht geschickt, auch wenn er versucht hatte, sich selbst davon abzuhalten, seit er sie vor zwei Tagen inmitten ihrer Wohnung über dem Stall stehend zurückgelassen hatte. Trotzdem er wusste, dass er einen gewaltigen Fehler machte, hatte er Blaze diese Nachricht geschickt, um in Erfahrung zu bringen, ob sie Zeit für das Konzert in Tampa erübrigen konnte. Er hatte noch keine Antwort erhalten. Sie dachte wahrscheinlich darüber nach, was sie tun sollte, genauso wie er es getan hatte, bevor er sie gefragt hatte. Etwas hatte ihn gedrängt und er hatte sich selbst nicht davon abbringen können. Er hatte die Nachricht geschickt. Sie wünschte sich wahrscheinlich, er würde sie in Ruhe lassen.

Talbert verschränkte die Hände auf seinem Schreibtisch. „Ihr habt also erraten, worum es geht. Wie ihr wisst, habe ich ein Urenkelkind und ein weiteres ist auf dem Weg. Ich kann mich glücklich schätzen. Wahrscheinlich habt ihr gedacht, dass mich das zufriedenstellen würde, aber nein, das hat mich noch weiter befeuert. Ich möchte, dass ihr alle heiratet und mir weitere Urenkel schenkt. Nicht weil ich egoistisch bin, sondern weil ich denke, dass ihr alle Däumchen dreht und die guten Dinge an euch vorüberziehen lasst. Ich fürchte, dass liegt an eurer Vergangenheit. Ja, ich werde das zur Sprache bringen.

Ich habe eure seligen Eltern sehr geliebt. Als sie an jenem Tag in das Flugzeug stiegen um zu euch nach Hause zurückzukommen, da hätten sie niemals gedacht, dass sie nicht ankommen würden." Emotionen färbten die Stimme seines Großvaters. „Was ich sagen will, ist, jetzt ist nicht der richtige Zeitpunkt im Leben, um auf der Stelle zu treten. Eure Eltern würden das nicht wollen."

Denton musste das plötzliche Aufwallen von Gefühlen unterdrücken. Er sah seinen lächelnden Vater und seine Mutter vor sich, die ihnen von der Tür des kleinen Jets aus zuwinkten, bevor diese sich hinter ihnen schloss und sie von der Startbahn der Ranch abhoben. Es war das letzte Mal gewesen, dass sie ihre Eltern gesehen hatten. Und bis zum heutigen Tag fühlte sich diese Erinnerung an, als wäre es gestern gewesen. Er räusperte sich und als ob das Granddaddys Blick gesteuert hätte, sah Talbert ihn nun direkt an.

Dentons Griff um die Armlehne seines Stuhls verstärkte sich.

„So, Denton, das wollte ich noch sagen. Ich habe gründlich über alles nachgedacht und du bist als Nächster an der Reihe. Die Zeit beginnt jetzt zu laufen."

Er stand. Auf keinen Fall konnte er sitzen bleiben. „Ich brauche das Geld nicht und das weißt du."

„Aber du liebst das Land. Du hast das Land immer geliebt."

Er hatte diese Situation bereits in Gedanken durchgespielt und gewusst, dass dies die Richtung war, die das Gespräch nehmen würde. „Vielleicht ist das so, aber der Gedanke daran, dass du mich zwingen willst zu heiraten, widerspricht allem, wofür ich stehe. Soll ich das Grundstück heute noch verlassen?"

Talberts Blick zuckte kurz, für einen Moment hatte sich womöglich Sorge darin abgezeichnet, doch im nächsten war er bereits wieder ganz die Ruhe selbst. „Noch stehst du im Testament. Du hast drei Monate Zeit, um zu heiraten. Dann musst du drei Monate verheiratet bleiben. Wie die anderen auch.

Sobald du das getan hast, wirst du weiterhin im Testament berücksichtigt, als Teilhaber der Ranch und des Unternehmens."

Er stieß einen langsamen Atemzug aus, begegnete Becks stoischem Blick und ging dann ohne ein weiteres Wort zur Tür. Er würde das nicht tun. Er war keine Marionette an einer Schnur. Nicht einmal für den Mann, den er von ganzem Herzen liebte.

Niemand bestimmte über sein Leben. Auch nicht sein Großvater.

* * *

Es war ein wunderschöner Nachmittag und Blaze und ihr Vater erreichten die Treppe zu ihrer Wohnung. „Dad, das war ein großartiger Spaziergang. Ich bin so froh, dass du für ein paar Wochen hierherkommen wolltest. Du hast es hier immer geliebt und dieser Ort ist perfekt für dich. Hier kannst du dich bewegen und diese gute, frische Luft atmen."

Sie hatten einen langen Spaziergang gemacht und waren auf einem grasbewachsenen Weg zwischen zwei

Weiden entlanggelaufen. Die hübschen weißen Holzzäune umgaben einen langen Weg, der ideal zum Spazierengehen war. Auf der einen wunderschönen Weide waren ausgewachsene Pferde beim Grasen und Fohlen beim Herumtollen, während auf der anderen Longhorn-Ochsen zufrieden weideten. Sie waren ein gutes Stück gelaufen und waren dann stehengeblieben, um den Fohlen beim Spielen zuzusehen. Einmal hatte sie zum Haus geschaut und gesehen, dass der große schwarze Truck vorgefahren war. Sie war sich sicher gewesen, dass Denton daringesessen hatte. Ihr Vater hatte ihr vorhin gesagt, dass Talbert bei ihrem gemeinsamen Schachspiel erwähnt hatte, dass er ein Treffen anberaumt hatte, zu dem alle seine Enkelkinder kommen würden. Sie fragte sich, worum es bei dem Treffen gehen würde.

„Blaze, ich bin froh, hier zu sein, aber noch glücklicher macht es mich, dass ich Zeit mit dir verbringen kann. Ich habe dich vermisst." Das hatte er früher bereits gesagt, doch nun nahm er ihre Hand und drückte sie sanft. „Ich bin wirklich froh, dass du den Job angenommen hast, den Mr. McCoy dir angeboten hat. Ich weiß, dass du dein eigenes Leben hast und das nicht hättest tun brauchen. Aber der egoistische Teil von mir freut sich wirklich darüber, dich wieder in meiner Nähe zu haben."

„Ich habe dich auch vermisst. Und ich habe Texas vermisst. Ich bin dort auf der Stelle getreten. Habe auf einen Grund gewartet, meine Zelte abzubrechen. Es tut mir nur leid, dass es deine gesundheitlichen Probleme waren, die dafür gesorgt haben, dass ich es endlich geschafft habe, nach Hause zu kommen."

Er warf ihr ein draufgängerisches Lächeln zu. „Liebling, ich würde tun, was immer nötig ist, um mein kleines Mädchen nach Hause zu bringen. Sogar es mit meiner Gesundheit erschrecken."

Sie fand das nicht lustig und warf ihm einen warnenden Blick zu. „Davon will ich nichts mehr hören. Wenn ich etwas tun soll, dann bitte mich einfach darum. Untersteh dich, noch weitere gesundheitliche Probleme zu haben. Das Spazierengehen und die Diät werden wirken und du wirst dich bald besser fühlen. Du bekommst eine zweite Chance. Wir wissen beide, dass nicht jeder eine zweite Chance bekommt. Mit Mama haben wir keine bekommen. Aber du hast diesen Segen erhalten und dafür bin ich auf ewig dankbar." Sie umarmte ihn fest und über seine Schulter hinweg sah sie Denton aus dem Haus kommen, der wütender zu sein schien, als sie ihn jemals erlebt hatte. Er hielt den Blick gesenkt, als er aufgebracht über die Auffahrt zum Stall stakste. Er sah nicht glücklich aus. Sie standen etwas abseits am Fuße der Treppe, sodass er sie nicht gesehen hatte. Sie fragte sich, was schiefgelaufen war.

Als er den Eingang schon fast erreicht hatte, blickte er auf und entdeckte sie. Sein stürmischer Gesichtsausdruck hellte sich auf und sie wusste, dass er die Gefühle verbarg, die nur wenige Augenblicke zuvor so deutlich zu sehen gewesen waren.

„Mr. Masterson, Sir. Wie schön, Sie zu sehen. Wie geht es Ihnen? Ich habe gehört, dass Sie Probleme hatten. So wie es aussieht, scheint es Ihnen ja etwas besser zu gehen – und Sie haben Blaze wieder hier bei sich."

Ihr Vater schüttelte ihm die Hand und umarmte ihn kurz. „Danke, mein Sohn. Es war eine Warnung.

Mehr als eine Warnung brauche ich nicht. Abgesehen davon, ja, ich bin hier mit meiner hübschen jungen Tochter, die ordentlich mit der Peitsche knallt und dafür sorgt, dass ich bei der Stange bleibe, nur Salat esse und fades Hühnchen. Kein frittiertes Essen. Es ist hart. Aber sie sorgt dafür, dass ich laufe und hier draußen ist das wunderschön. Und bei dir, mein Sohn?"

„Mir geht's gut. Auch ich liebe die Ranch. Ich schaffe es nicht ganz so oft hierher, wie mir lieb wäre, da ich für meinen Lebensunterhalt sorgen muss."

Schon vor langer Zeit hatte sie gelernt, seine Stimmungen aufzufangen und etwas störte ihn gewaltig. Er hielt ihren Blick für einen Moment, dann trat er zurück und deutete mit dem Daumen zum Eingang des Stalls.

„Ich werde nicht lange hier sein, deswegen werde ich einen Ausritt unternehmen. Ich überlasse euch dann mal wieder euren Angelegenheiten und gehe mein Pferd satteln. Es war nett, euch zu treffen."

„Weißt du, meine Blaze liebt es zu reiten und ich glaube nicht, dass sie eine Gelegenheit dazu hatte, seit sie wieder hier ist. Willst du sie nicht mitnehmen? Ich werde die Treppen hier hochsteigen und ein Nickerchen machen – gehört zu meiner Genesungsstrategie. Ich hätte nichts dagegen einzuwenden, wenn du ihr ein bisschen die Ranch zeigen würdest."

Am liebsten hätte sie ihren Vater in die Seite gekniffen, aber andererseits wurde ihr wunderbar leicht zumute bei dem Gedanken, mit Denton zusammen einen Ausritt zu machen. Eine solche Gelegenheit hatte sie noch nie erhalten. Er war immer vor ihr davongeritten.

Für einen Moment sah er überrascht aus, fing sich dann aber schnell. „Sicher. Blaze, möchtest du mit mir reiten?"

Die Schmetterlinge in ihrem Bauch schlugen Kapriolen. „Ich könnte ein paar Ausreden konstruieren und vorgeben, dass ich andere Dinge zu tun hätte, aber die Wahrheit ist, dass ich hier bin, um die Limousine zu fahren und im Moment stehen keine Fahrten an. Deswegen würde ich… wirklich gern mit dir ausreiten. Wenn ich dich nicht zu sehr einschränke."

„Komm schon, das tust du nicht. Gesellschaft tut mir sicher gut."

Sie konnte nichts gegen das Lächeln tun, das sich auf ihr Gesicht stahl, auch wenn sie sich selbst sagte, dass sie sich besser nichts einbildete und auf falsche Gedanken kam. Sie würde nur mit ihm ausreiten. Sie hatte bereits lange und erschöpfend darüber nachgedacht und kannte ihre Grenzen. Sie waren nur zwei Freunde, oder so etwas in der Art, die gemeinsam einen Ausflug unternahmen.

„Wunderbar. Ich sehe euch zwei dann später. Macht euch um mich keine Sorgen."

„Gut, ich kann sehen, wenn ich nicht gebraucht werde." Sie küsste seine Wange. „Du hast meine Nummer, falls du mich brauchst. Ich bin nur einen Anruf entfernt."

„Die habe ich und die von Gladys im Haupthaus habe ich auch. Wenn ich sie anrufen würde, würde sie alle alarmieren. Ich könnte sie sogar bitten, mir etwas zum Abendessen vorbeizubringen, dann musst du dich nicht darum kümmern. Jetzt wo sie einen Grund dazu hat, wird sie dafür sorgen, dass ich nicht aus der Reihe tanze."

Gladys war die Haushälterin der McCoys. Sie kümmerte sich um das Haus und kochte. Sie und ihr Vater arbeiteten schon seit vielen Jahren für Mr. McCoy und waren gute Freunde. Sie hatte ein paar Mal gedacht, dass da vielleicht mehr als nur Freundschaft zwischen den beiden war, aber falls das so war, dann wusste sie das nicht – sie hoffte es lediglich. Eine Frau in seinem Leben war genau das, was ihr Vater brauchte.

„Ich werde auf sie aufpassen, Sir. Machen Sie sich keine Sorgen."

Sie folgte Denton in den Stall. Der moschusartige Geruch nach Heu und Viehfutter hing in der Luft und der Klang leise wiehernder Pferde drang an ihre Ohren. Sie lächelte. Sie liebte diesen Ort. Als Kind hatte sie hier viele Stunden mit den Pferden verbracht, wenn sie traurig oder einsam gewesen war oder nach Denton gesucht oder sich vor ihm versteckt hatte. In den Boxen konnte man sich gut verstecken. Der Stall war einer ihrer liebsten Orte auf der ganzen Welt.

„Auf welchem möchtest du reiten?" Er blieb in der Mitte des Ganges stehen.

„Ich hatte schon immer eine Schwäche für hellbraune Pferde, daher werde ich diese Stute nehmen. Sie sieht aus, als würde sie sich riesig über etwas Betätigung freuen."

„Perfekt. Soll ich sie für dich satteln oder weißt du noch, wie das geht? Es ist schon eine Weile her, oder?"

„Ich kann sie satteln. Es ist schon eine Weile her, aber manche Dinge verlernt man nicht."

„Okay, aber pass auf, dass du den Gurt richtig festziehst. Ich möchte nicht, dass du mittendrin runterrutschst und unter dem Bauch des Pferdes hängst."

Sie lachte. „Das wird nicht geschehen. Mach dir keine Sorgen, ich weiß, was ich tue." Sie ging hinüber, nahm einen Sattel, der so aussah, als würde er passen und trug ihn zu der Kastanienbraunen in die Box. Seine Augen funkelten, wie ihr auffiel, so als hätte er sich etwas entspannt, seit er das Haus verlassen hatte. Er schnappte sich einen Sattel und ging zu einem riesigen schwarzen Pferd. Er hatte sich schon immer für die größten und stärksten Pferde entschieden und manchmal sogar für die noch ungezähmten.

Innerhalb weniger Minuten hatten sie die Pferde gesattelt und ließen sich von ihnen über die offen vor ihnen liegenden Weiden tragen. Schweigend ritten sie über den Kamm und außer Sichtweite des Hauses und der Ställe, dann weiter zum Fluss auf der Rückseite des Grundstücks, dem kalten, wunderschönen Pedernales, der sich über das Anwesen schlängelte. Nach einer Weile wurde er langsamer und auch sie zügelte ihr Pferd.

„Es ist so wunderschön hier. Ich habe es vermisst, hier zu sein. In Kalifornien – genauer gesagt in Los Angeles – gibt es keine offenen Weiden, überall sind Autos."

„Ja ich weiß was du meinst. Der Country-Sänger hier neben dir blieb auch nie lange dort. Es gibt sicher Leute, für die das perfekt ist, aber nicht für mich. Ich bin immer noch durch und durch ein Landjunge."

„Ja, das sehe ich. Mir geht es genauso. Ich dachte, ich würde gern Modeln, aber auch ohne die Widerlinge, die mich um meine Träume gebracht haben, hätte ich es nicht durchziehen können." Sie zögerte. „Ist alles in Ordnung? Vorhin schienst du ziemlich aufgebracht zu sein. Ich habe dich aus dem Haus kommen sehen."

Er legte sein Handgelenk aufs Sattelhorn und ließ das Pferd das Tempo bestimmen. „Nein, es ist nichts, womit ich nicht umgehen kann. Nur mein Großvater, der versucht, sich in meine Angelegenheiten einzumischen. Ich habe es kommen sehen. Ich möchte im Augenblick nicht darüber sprechen."

„In Ordnung. Ich dachte nur, wenn du jemanden zum Reden brauchst…" *Was tat sie da nur?* Das sollte sie besser nicht tun.

Sie erreichten ein weiteres Gatter. Er beugte sich vor und öffnete es, wartete bis sie mit ihrem Pferd auf der angrenzenden Weide war und beugte sich dann erneut vor, um das Gatter zu schließen.

„Du hast gar nicht auf meine Nachricht geantwortet. Kommst du zu dem Konzert?"

Sie lachte ungläubig. „Du willst doch gar nicht, dass ich komme. Sieh mal, wir wissen doch beide, dass ich dir unglaublich auf den Wecker gegangen bin. Du möchtest doch nicht, dass ich mitkomme und dir im Weg bin, jetzt wo ich wieder zu Hause bin."

„Wir haben das doch besprochen – lass es auf sich beruhen. Außerdem wäre es schön, wenn jemand dabei ist, den ich kenne.“

Sie brachte ihr Pferd zum Stehen. Er tat es ihr gleich. „Du kennst diese Leute gar nicht?“

„Nein, ich meinte, von hier. Jemanden, der mich kennt.“

Sie starrten einander an, während sie von der Sonne gewärmt wurden und die sanfte Brise um sie herumstrich.

„Warum gehst du nicht auf Dates?“, fragte sie schließlich.

„Das tue ich. Ich habe es nur eine Weile nicht getan. Es kommt mir so vor, als würden mich die Leute nicht mehr wahrnehmen. Sie sehen nur die Fassade – den Sänger. Ich bin das einfach leid. Deswegen bin ich zurzeit allein.“

Sie dachte darüber nach. Sie wollte das Konzert wirklich gern besuchen, sich aber nicht mit ihm einlassen. Auch wenn sie nicht glaubte, dass es das war, was er vorschlug. Er war einfach nur nett, trotz der Spannung, die jedes Mal in der Luft lag, wenn sich ihre Blicke trafen. Und sie wusste, dass da etwas war, dass ihn beunruhigte und konnte nicht anders, als ihm helfen zu wollen, wenn das denn möglich war. Wider bessere Einsicht nickte sie.

„Ich komme. Sag du mir nur, wie ich dorthin und dann wieder nach Hause komme."

Er lächelte. „Gut. Lass uns ein neues Kapitel aufschlagen. Ich fliege dich dorthin und auch wieder zurück. Richte dich darauf ein, über Nacht zu bleiben. Ich werde dir ein Zimmer buchen. Manchmal fliege ich nachts noch nach Hause, aber meist erst am folgenden Morgen. Kannst du morgen Abend fliegen? Ich weiß, dass das vielleicht schwierig ist – du musst dich schließlich um deinen Vater kümmern."

Oh, das bedeutete zwei Nächte im Hotel. *Zwei Nächte. Gefahr, Gefahr.* Sie konnte die Warnglocken in ihrem Kopf praktisch hören, brachte sie aber zum Schweigen. Sie war schon ein großes Mädchen. „Das passt. Aber ähm, ich müsste das noch von deinem Großvater absegnen lassen. Schließlich bin ich hier, um ihn zu fahren."

Dentons Augen blitzten und sein Kiefer spannte

sich an. „Ich denke nicht, dass mein Großvater irgendwelche Einwände gegen diese Reise vorbringen wird. Wahrscheinlich ist er sogar begeistert darüber. Sieht schon ganz neue Möglichkeiten, wahrscheinlich ist er uns ohnehin einen Schritt voraus… das spielt keine Rolle…"

„Was spielt keine Rolle?" Sie drängte ihr Pferd vorwärts, da er seines in einen leichten Trab hatte fallen lassen. „Was ist los?"

„Nichts. Vergiss, was ich gesagt habe. Sieh mal, mein Großvater möchte sich in mein Leben einmischen, aber das werde ich nicht zulassen. Ich bestimme selbst über mein Leben und je eher er das einsieht, umso besser. Genug davon. Ich bin hier draußen, um zu reiten. Bist du bereit zu fliegen?"

Ihre Lippen schnellten nach oben und anstelle einer Antwort drückte sie ihre Knie zusammen und ließ ihr Pferd in einen Galopp fallen. Darauf hatte das Tier nur gewartet. Der Wind raste über ihre Haut und sie hörte Denton hinter sich jauchzen und vernahm den Hufschlag seines Hengstes und dann war er neben ihr und grinste.

„Ich sehne mich nach Geschwindigkeit. Bist du dabei?", rief er ihr zu.

„Oh ja. Zeig mir, was du kannst."

Für einen Moment sah er ganz und gar verrucht aus, verrucht und gutaussehend und zum Seufzen schön, als er und sein Pferd vor ihr und ihrer Stute davonstoben.

Sie trieb ihr schönes Tier an, aber sie würde ihn auf keinen Fall einholen können.

Nicht, wenn er das nicht wollte.

KAPITEL SECHS

Zwei Tage später saß Blaze in der ersten Reihe des Stadions in Tampa und sah Denton und seiner Band bei einer Probe zu. Seit ihrer Ankunft war sie nervös. Während des Fluges hatte er viel telefoniert und mit seinem Agenten über Vertragsklauseln gesprochen. Es hatte geklungen, als ob etwas nicht so wäre, wie er das wollte und er nicht nachgeben würde. Er hatte viel um die Ohren.

Sie hatte versucht, sich auf das Buch zu konzentrieren, das sie auf ihrem Handy las. Ein Hoch auf E-Books. So stand ihr immer ein Buch zur Verfügung. Die Tage, an denen sie irgendwo ohne Lesestoff festsaß, gehörten der Vergangenheit an. Als Fahrer einer Limousine überstand man lange

Wartezeiten besser, wenn man ein gutes Buch zur Hand hatte. Im Moment dachte sie jedoch nicht ans Lesen, sie war vollauf damit beschäftigt, Denton dabei zu beobachten, wie er an den Saiten seiner Gitarre zupfte und sang. Sie steckte knietief in Schwierigkeiten.

Am liebsten hätte sie sich einen Tritt verpasst, aber ihre Kehrseite lag außerhalb der Reichweite ihres Fußes. Dabei wäre ein rascher, kräftiger Tritt in den Allerwertesten angebracht gewesen, denn sie war unaufhaltsam in die allumfängliche, alles andere außen vor lassende Schwärmerei für ihn zurückgefallen, als er begonnen hatte zu singen. Um Himmels Willen, er war erstaunlich – dieser Mann konnte mit seiner Stimme die gefrorene Tundra zum Schmelzen bringen. Und ihr Herz.

Sie liebte es, ihn zu beobachten. Da war die Art, wie er sich bewegte und sang und mit welcher Leichtigkeit er mit der Band interagierte. Zusammen waren sie wie eine gut geölte Maschine, die störungsfrei ihre Arbeit tat. Umgeben von seinen Fans war er genauso. Denton spielte einem nichts vor. Das hatte er nie getan. Sie erinnerte sich an die Zeit, als seine Eltern bei dem Flugzeugabsturz getötet worden waren. Damals war er eine Zeitlang übellaunig und wütend gewesen. Und warum nicht? Natürlich war man aufgewühlt und zornig, wenn man seine Eltern verlor. Doch dann hatte er die Oberhand über seinen Zorn gewonnen. Sie hatte ihn dabei beobachtet. Er hatte die Kontrolle über seine Gefühle erlangt, indem er das getan hatte, was er schon immer am Meisten geliebt hatte – er war geritten. Er war oft auf sein Pferd gestiegen und alleine ausgeritten, war mit seinem Pferd am Horizont verschwunden und stundenlang auf dem Land herumgestreift. Das Land war ebenso ein Teil von ihm wie die Gitarre, die er in der Hand hielt, und beide hatten ihm bei der Heilung geholfen.

Vor ein paar Tagen hatte er dasselbe getan, als er zornig auf das, was während des Treffens geschehen war, aus Talberts Haus gekommen war. Er war auf direktem Weg zum Stall gegangen – nur dass er diesmal aufgrund der gewieften Intervention ihres Vaters von ihr begleitet worden war. Sie verstand, warum er das tat: Den Wind auf dem Gesicht zu spüren, das Gefühl, auf dem Rücken eines Pferdes über das Land zu fliegen, das die Erde mit seinen Hufen aufriss, während es aus reiner Freude am Lauf dahinschnellte, fühlte sich fantastisch an. Es hatte sie zu der fürchterlichen Entscheidung veranlasst, ihn auf diese Reise zu begleiten. Besorgnis erfüllte sie, während sie gebannt dem Mann zusah, der ihr Herz fest im Griff gehabt hatte, als sie noch ein Kind gewesen war. Nun war sie erwachsen und kämpfte mit aller Kraft dagegen an, aber sie befürchtete, dass sie dazu verdammt war, für immer in seinem Bann zu stehen.

Lass es geschehen.

Sie brachte die Stimme in ihrem Kopf zum Schweigen. Sie konnte das nicht einfach geschehen lassen. Sie durfte nicht wieder zu diesem übereifrigen, verliebten Kind werden.

Du bist kein Kind mehr. Du bist eine erwachsene Frau.

Ganz genau. Ein Grund mehr, nicht mit dem Kopf in den Wolken umherzuwandeln, sondern sich an die Wirklichkeit zu halten.

Sie durfte nicht zulassen, dass sie sich in einen Mann verliebte, der ihr nur allzu leicht erneut das Herz brechen konnte.

Doch jedes Mal, wenn sich ihre Blicke trafen, während er sang, durchfuhr sie ein Schauer, der so stark war, dass sie dachte, dass er ihn ebenfalls spüren musste. Aber er war so sehr mit seiner Musik beschäftigt, dass ihr klar war, dass sie sich das nur einbildete. Er war hier, um den Besuchern des Konzerts, die ihr hartverdientes Geld ausgegeben hatten, um ihn zu hören, eine Show zu bieten und er würde alles in seiner Macht Stehende tun, um eine großartige Vorstellung zu liefern.

Sie war unfähig, den Blick von ihm abzuwenden, als er begann ‚Show Me How A Kiss Is Done' zu spielen. Ihm schien es genauso zu gehen. Er sang das Lied für sie. *Gefahr, Gefahr.* Die Alarmglocken in ihrem Kopf gingen augenblicklich los. Sie hatte sich selbst in jener Nacht geschworen, in dem sie diese Worte zu ihm gesagt und er sie so rundherum abgelehnt hatte, dass er nie wieder diese Macht über sie bekäme. Aber sie konnte ihren Blick einfach nicht von seinem lösen.

DIE ZWEITE CHANCE DES MILLIARDENSCHWEREN COWBOYS

Während er das Lied diesmal sang, fühlte es sich mit einem Mal so an, als wollte er von der Bühne herabsteigen, sie in die Arme ziehen und ihr das zeigen, wonach sie sich all die Jahre gesehnt hatte. *Das ist Teil der Show*, sagte sie sich, als das Lied endete und er sich plötzlich abwandte und begann, das nächste Lied mit der Band zu besprechen.

Ihre Hochstimmung verflog. Gedemütigt ging ihr auf, dass das eben nur eine Illusion gewesen war. Er hatte für die Aufführung geprobt.

Und sie war ein Dummkopf.

* * *

Was tat er da bloß? Er hatte das Lied für sie gesungen. Er hatte sich darum bemüht, nicht in ihre Richtung zu sehen, während er sang. Aber genau wie damals, als ihm der Liedtext eingefallen war, hatte er ihr Gesicht vor Augen gehabt. Nur dass sie diesmal vor ihm saß und ihn ansah, als hätte er persönlich den Mond am Himmelszelt aufgehängt.

Warum hatte er sie nur auf diesen Ausflug mitgenommen?

Er hatte nicht mit seinem Großvater gesprochen, seit er dessen Büro verlassen hatte. Aber er wusste, dass Blaze ihn um ein paar freie Tage gebeten und er keinerlei Einwände gehabt hatte. Stattdessen war er mit Überschwang auf ihre Bitte eingegangen. Es hatte sie etwas verwirrt, wie enthusiastisch ihr Chef darauf reagiert hatte, dass sie Dentons Konzert besuchen wollte, aber Denton hatte das nicht gewundert. Die Reaktion seines Großvaters hatte ihm alles verraten, was er wissen musste. Sein Verdacht hatte sich als richtig herausgestellt.

Trotz seiner Bedenken gab er dem Probenmanager seine Gitarre, als das letzte Lied vorüber war. „Klingt gut", sagte er zu der Band. „Morgen früh proben wir noch einen weiteren Durchlauf und dann sind wir soweit. Jetzt habe ich Hunger. Gute Nacht."

Er verließ die Bühne und ging die Stufen hinunter zu Blaze. Er wollte sie packen und in seine Arme ziehen, doch das ließe er besser. Er hatte ihr versprochen, dass es nur um ein Konzert ginge. „Bist du hungrig? Ich bin am Verhungern. Mein Fahrer wartet. Er wird uns zum Restaurant fahren und anschließend zurück ins Hotel."

„Ich bin ziemlich hungrig. Das war wundervoll. Du hattest recht, als du meintest, dass du für deine Fans alles gibst."

„Ich versuche es. Wegen ihnen kann ich das alles überhaupt nur tun." Er führte sie zurück auf die Bühne und dann zu einem Seitenausgang und einen langen Korridor entlang, an dessen Ende sein Bodyguard wartete.

Er ging ihnen durch leerstehende, gewundene Gänge voraus, bevor sie eine Tür am gegenüberliegenden Ende einer langen Halle erreichten. Der Bodyguard nickte, öffnete die Tür und nachdem er zuerst hindurchgegangen war, hielt er die Tür für sie auf. Drei identische schwarze SUVs standen bereit, bei einem von ihnen stand eine Tür offen. Denton half Blaze hinein und folgte ihr dann. Nachdem sich die Tür hinter ihnen geschlossen hatte, waren sie im hinteren Teil des Wagens allein. Eine Trennwand separierte sie vom Fahrer des Wagens und erlaubte es, sich ungestört zu unterhalten.

Denton machte es sich in seinem Sitz bequem.

„Das war ganz schön eindrucksvoll." Sie lehnte

sich ebenfalls zurück und blickte aus dem Fenster. „Warum drei?"

„Sie nehmen ihren Job ernst. Die Herausforderung besteht darin, dass ich das Fahrzeug erreiche, bevor mich jemand entdeckt."

Sie rasten über den Parkplatz und durch das Tor. Sie wurden von einer Menschenmenge umringt, die mit ausladenden Kameras bewaffnet war, während sich der erste SUV seinen Weg bahnte. Die Wachen am Tor forderten die Leute mit Gesten auf, den Weg freizumachen. Denton nahm an, dass sie auch mit den Menschen sprachen, aber im Inneren des Wagens waren ihre Worte nicht zu verstehen.

„Was sind das für Leute?" Eine Kamera blitzte. „Die Medien?"

„Wie immer du sie nennen magst."

„Paparazzi?"

„Ich bezeichne sie als Bodenkriecher. Das sind Hunde, die unglaublich gern Lügen drucken. Alles, was sich als Story verkaufen lässt. Das ist einer der Gründe, warum wir drei SUVs benutzen – einer von ihnen wird ausscheren und sie hoffentlich in die Irre führen."

„Ablenkungsmanöver."

„Genau. Etwas in der Art muss quasi immer stattfinden, wenn ich in Ruhe irgendwo essen möchte."

„Ich verstehe. In LA bin ich ein paar Promis gefahren. Auch ich musste auf Ablenkungsmanöver zurückgreifen. Aus irgendeinem seltsamen Grund ist mir bis jetzt nicht aufgegangen, dass du einer von ‚denen' bist." Sie deutete Anführungszeichen mit den Fingern an und ihre Augen tanzten.

„Mag sein. Aber ich bin Denton McCoy, der Country-Star, und davor war ich Denton McCoy, der Milliardär, deswegen gehöre ich zu den sogenannten ‚Reichen und Berühmten' über die man gern schreibt. Ein Bild von mir bringt einem von denen einen guten Batzen Geld ein."

„Wow, du sagst das nicht, weil du ein großes Ego hast. Es ist die Wahrheit."

„Ja, warum sollte ich dem eine noch größere Bedeutung beimessen?"

„Denk dran, ich war in LA, wo öffentliche Aufmerksamkeit alles bedeutet. Einigen Leuten ist jede Art von Berichterstattung recht. Bekanntere Stars, die nicht auf die Bodenkriecher angewiesen sind, können gegen unwahre Stories vorgehen. Die weniger bekannten freuen sich über alles, was sie in die Nachrichten bringt und dafür sorgt, dass man sich an ihren Namen erinnert."

„Ich bin keiner von denen."

„Das ist mir aufgefallen. Ich hätte auch nicht gedacht, dass du so bist. Bist du müde?"

„Nein, aufgedreht. Ich brauche immer eine Weile, bis ich nach einer Probe entspannen kann. Wie geht es dir?"

„Ich bin nur hungrig. Was gibt es zum Abendessen?"

Sie lächelte und etwas in seiner Brust rollte sich zu einem weichen Ball zusammen. Ein äußerst merkwürdiges Gefühl. Eines, das er nie zuvor verspürt hatte.

„Das wirst du gleich sehen. Es ist eine exotische Location. Es wird dir gefallen."

Er beobachtete, wie ihre Augen weiterhin fragend tanzten. Es bereitete ihm Freude, ihr zuzusehen.

Vielleicht ein bisschen zu sehr. Er wusste immer

noch nicht genau, was er eigentlich tat. Sein Großvater hatte sie im Visier und Denton hatte sich bereits damit abgefunden, alles zu verlieren, was mit seinem Erbe zusammenhing, da er sich nicht auf die Forderungen seines Großvaters einlassen würde.

Warum hatte er diese schöne und beherzte Frau überhaupt hierhergebracht, wenn er doch wusste, dass sie es war, auf die sein Großvater seine Hoffnungen setzte?

* * *

Blaze sah das Dock, aber es war kaum jemand da. Der SUV hielt an einem Pier, der zu einer gewaltigen Yacht führte. Sie war gigantisch. „Was bedeutet das?"

„Genau das, was ich gesagt habe, es ist exotisch. Eine Möglichkeit, zu Abend zu essen ohne das uns jemand stört."

„Wir essen auf einem Boot zu Abend?"

„Einer Yacht. Lass den Besitzer besser nicht hören, dass du sie Boot nennst. Er wäre in höchstem Maße beleidigt."

Ihre Lippen zuckten. „Also doch ein großes Ego."

„Haha, nein. Es ist nicht mein Boot." Er grinste breit.

Ihr entschlüpfte ein Lachen. „Du hast es Boot genannt."

„Das tue ich immer. Es ist nicht meins. Aber denk dran, nenn es nicht so, wenn der Besitzer anwesend ist. Es gehört meinem Plattenlabel. Ich habe ihnen gesagt, dass ich es gern für ein Abendessen nutzen würde und sie haben es uns zur Verfügung gestellt."

„Ich komme mir besonders vor." Sie stieg aus, als der Bodyguard ihr die Tür öffnete. Normalerweise öffnete sie die Türen des Wagens für ihre Fahrgäste und war selbst nicht diejenige, die im Fond der Limousine saß.

„Danke", sagte sie. „Du hast ganze Arbeit geleistet."

Er nickte. „Das war mein Plan."

Sie gingen bis zum Ende des Piers und wurden von einer distinguiert aussehenden Dame in weißer Uniform begrüßt. „Willkommen an Bord. Das Essen ist angerichtet." Sie trat zurück und lächelte freundlich, als Denton Blaze' Hand nahm, während sie die Yacht betrat.

Sie folgten der Dame auf die zweite Etage. Die Sonne begann am Horizont unterzugehen und warf einen goldenen Schimmer auf das riesige Deck. Ein wunderschön gedeckter Tisch stand bereit und Denton hielt ihren Stuhl, während sie Platz nahm. Seine Hand berührte ihre Schulter, als sie sich auf dem Stuhl niederließ. Sie war sich nicht sicher, ob es ein Versehen oder Absicht gewesen war, aber ein zarter Schimmer einer Vorahnung durchfuhr sie. Sie wollte nicht weiter darüber nachdenken, was schon die bloße Berührung seiner Hand in ihr auslöste.

Er saß zu ihrer Linken und sie nahm an, dass sie so beide in den Genuss des Sonnenuntergangs kommen würden.

Das Ganze bildete eine weitaus romantischere Kulisse als alles, was sie sich jemals vorgestellt hatte. Selbst in ihren Träumen von Verabredungen mit Denton hatte sie sich nichts derart Glamouröses ausgemalt. Doch die Umgebung passte perfekt zu ihm; sie war elegant und vertraulich. Sie freute sich über die

Privatsphäre. Die Zeit mit ihm allein. Sie hatte sich bereits dazu entschieden, dies als ihren Cinderella-Moment zu betrachten. Wenn das Flugzeug wieder in Stonewall landete, würde sie in die Realität zurückkehren. Trotzdem würde sie jetzt nicht ihre Schutzmauern einreißen. Doch sie freute sich, diese zwei Tage mit ihm verbringen zu dürfen.

Das Abendessen wurde herausgebracht. Es gab verschiedene italienische Gerichte – Lasagne, Ravioli, Salat und knuspriges Knoblauchbrot.

Sie lachte und starrte ihn überrascht an. „Das sind deine Lieblingsspeisen."

„Die esse ich immer am Abend vor einem Konzert. Das ist mein Seelenfutter, ein Andenken an meine Mutter. Außerdem gibt es mir Kraft, da ich am Tag des Konzertes selbst nur wenig esse. Ich trinke viel Wasser und esse nur ein paar Erdnussbuttersandwiches."

„Ha, noch eine deiner Leibspeisen. Und was für eine schöne Erinnerung an deine Mutter. Ich kann mich erinnern, dass dir schon immer jede Ausrede recht wär, um ihre italienische Pasta oder Erdnussbutter zu essen."

Sein Gesicht verzog sich fröhlich. „Du hast recht. Ich kann es nicht leugnen, sie sind meine Schwäche. Bitte, hau rein – ich weiß, dass du hungrig bist."

Sie legte ihre Leinenserviette in ihren Schoß, nahm Messer und Gabel und zerteilte ihre zarten Rinderravioli. Er sah zu, wie sie sich einen Bissen in den Mund steckte und kaute. „Oh mein Gott", keuchte sie und bedeckte ihre Lippen mit den Fingerspitzen. „Das ist großartig."

„Ja, ist es, nicht wahr? Rebecca, die Köchin hier auf der Yacht, kocht für mich, wann immer ich in der Nähe bin. Ihre Pasta erinnert mich sehr an die meiner Mutter."

Erinnerungen überfluteten sie und sie legte ihre Gabel auf den Teller. „Ich erinnere mich an das erste Mal, als ich mit meinem Vater auf die Ranch kam. Ich war sieben, denke ich. Ihr alle seid im Reitpferch geritten und ich bin zu euch gegangen, um zuzusehen. Caroline saß auf der obersten Sprosse und ich kletterte zu ihr hinauf und bin sofort auf der anderen Seite wieder herunter und in den Dreck gefallen. Du kamst herbeigeeilt und hast mir geholfen. Ich erinnere mich, dass ich mir solche Mühe gegeben habe, nicht zu weinen, und du warst so nett. Es war, als wüsstest du, dass mir das schwerfiel. Caroline meinte, sie würde mir helfen, aber du hast gesagt, dass du mich mitnehmen und mir einen Verband anlegen würdest. Erinnerst du dich?"

Er nickte. „Du hast wirklich ziemlich aufgewühlt ausgesehen. Und ich wusste, dass das Essen meiner Mutter immer dafür sorgte, dass es mir besser ging, wenn ich aufgewühlt war. Also brachte ich dich zum Haus und verköstigte dich mit meiner Lieblingspasta. Das hatte ich vergessen."

„Ich nicht. Ich war ein einsames, ängstliches Kind und du warst so nett zu mir. Du hast mich zum großen Haus gebracht und mich an den Küchentisch gesetzt, während du einen Verband und einen warmen Lappen besorgt hast, damit ich mir die Knie waschen konnte. Und etwas Salbe. Dann hast du eine Schüssel Ravioli aus dem Kühlschrank geholt, hast eine Augenbraue hochgezogen und mich angegrinst. Du hast gesagt, dass deine Mutter die Ravioli gerade fürs Abendessen gemacht hätte und wenn ich welche davon äße, würde ich vergessen, wie sehr mein Knie schmerzt."

„Und du hast nicht geweint."

Sie hielt inne, die Gabel auf halben Weg zu ihren Lippen. „Weil du recht hattest. Die Pasta deiner Mutter war unglaublich und ich hatte noch nie etwas gegessen, das so gut geschmeckt hat. Das war wirklich Futter für die Seele. Danke, dass du so nett zu mir warst. Auch wenn das einer der Gründe dafür war, aus dem ich mich dann irgendwann so schrecklich in dich verknallt habe und dich in dem Maße belästigt habe, wie ich es tat. Wie auch immer, ich genieße den heutigen Abend über alle Maßen." Sie steckte sich eine pralle Ravioli in den Mund und genoss sie. Er beobachtete sie mit einem Lächeln. Ihr Herz schmerzte, als sie ihn ansah.

Warum machte dieser Kerl sie so unfassbar glücklich?

Er schob sein Essen auf dem Teller herum und legte dann seine Gabel nieder. „Ich hätte verständnisvoller sein sollen. Es ist nur so, dass wir kurz darauf unsere Eltern verloren und ich am Boden zerstört war. Ich musste mit vielem klarkommen und als es mir dann gelungen war, den Kopf wieder freizubekommen, da warst du schon–"

„Völlig lächerlich geworden. Ich gebe dir keine Schuld. Tue ich wirklich nicht. Ich glaubte wirklich, in dich verliebt zu sein und dass du mir in dieser Nacht das Herz gebrochen hast, als ich mich vor dich hinstellte und quasi einforderte, dass du mich küsst. Das war wirklich keine meiner Glanzleistungen. Ich bin immer noch beschämt deswegen und werde es immer bleiben." Sie legte ihre Gabel beiseite und er bedeckte ihre Hand mit seiner. „Du hattest deine Eltern verloren und dann musstest du dich vier äußerst lange Jahre mit einem besessenen Teenager auseinandersetzen–"

„Ist schon in Ordnung. Ich finde, wir sollten die Vergangenheit hinter uns lassen. Okay? Wir hatten beide unsere Probleme."

Sie biss sich auf die Lippe und war sich des warmen Trosts seiner Hand auf ihrer und der Aufrichtigkeit in seinen Augen und Worten nur zu bewusst. Sie baumelte über einer Klippe und durfte nicht erneut den Halt verlieren.

„Okay. Ich werde es versuchen, aber es ist schwer. Zum Glück nahm meine Besessenheit erst überhand, als ich ein Teenager war. Als ich noch jünger war, war ich zumindest nur ein Plagegeist.“

„Wir sollten noch einmal von vorn beginnen, als…“ Seine Worte verebbten und während sie dort saßen und einander ansahen, verblasste die Sonne und sanfte Lichter begannen um sie herum zu flackern und ein noch romantischeres Ambiente zu bilden als der Sonnenuntergang zuvor.

Dentons Daumen strich über ihren Handrücken. Sie war sich nicht sicher, ob er das mit Absicht tat, aber sie war sich dessen nur allzu bewusst. „Freunde“, sagte sie und beendete seinen Satz. Wiederwillig zog sie ihre Hand unter seiner hervor, bevor sie etwas tat, das sie später bereuen würde.

KAPITEL SIEBEN

Am nächsten Morgen um acht stand Denton im Flur des Hotels und klopfte an Blaze' Tür. Er war ein verdammter Idiot. Er hatte die ganze letzte Nacht wach in seinem Bett gelegen und an sie gedacht. Und schließlich hatte er genug gehabt. Er war unruhig und musste vor dem Konzert etwas Dampf ablassen.

Die Tür öffnete sich und eine schläfrige Blaze stand vor ihm. Ihm stockte der Atem. Zerknittert und süß lehnte sie sich gegen den Türrahmen und verschränkte die Arme unter ihren kleinen Brüsten, die von einem flauschigen weißen Baumwollbademantel des Hotels bedeckt waren. Sie raubte ihm buchstäblich den Atem und sofort vernahm er wieder dieses verdammte Lied. Es war ihm die ganze Nacht über durch den Kopf gegangen, wie eine beschädigte Schallplatte hatte er es wieder und wieder gehört.

„Morgn. Ist alles in Ordnung?" Sie holte tief Luft und blinzelte schläfrig.

Er streckte ihr einen Pappbecher mit Kaffee aus dem Café in der Hotellobby entgegen. Er hatte Rex, seinen Bodyguard, nach unten geschickt, damit er zwei Becher besorgte. In seinem Hotelzimmer gab es zwar eine Kaffeemaschine, aber die Pappbecher waren zu klein. „Es ist alles in Ordnung, Sonnenschein. Bist du bereit für ein Abenteuer?"

Sie nahm den Kaffee und nippte auf der Stelle vorsichtig daran. „Ahhh." Sie seufzte. „Vielen Dank. Also ein Abenteuer, ja? Gibst du nicht ein Konzert?"

Er ging an ihr vorbei in ihr Zimmer und drehte sich dann zu ihr um. „Erst heute Abend. Es ist noch früh. Wir sind in Tampa und ich möchte die Küste sehen. Was sagst du dazu?"

„Ein solches Angebot werde ich nicht ausschlagen. Ich muss nur etwas anderes als meinen Pyjama anziehen."

„Wenn du darauf bestehst." Er seufzte und grinste

dann. „Ich warte, aber beeil dich. Du siehst super aus. Setz ein Basecap auf, falls du keins hast kann ich dir eins geben." Er zog eines aus seiner Gesäßtasche, schüttelte es, um es wieder in seine ursprüngliche Form zu bringen und reichte es ihr.

„Du benimmst dich, als würden wir uns irgendwo verstecken."

„Das ist der Plan. Nur du und ich."

„Ein solches Abenteuer möchte ich nicht verpassen. Das klingt nach einer Menge Spaß. Ich bin gleich zurück." Sie trank einen großen Schluck Kaffee, als sie zum Schlafzimmer der Suite ging.

Er schritt zum Fenster und tätigte einen Anruf. Nachdem er sichergestellt hatte, dass alles bereit war, lehnte er sich gegen den Fensterrahmen und starrte auf die blaue Küstenlinie, die nicht weit entfernt vor ihm lag.

Erfreut vernahm er, dass sich die Tür öffnete und dann kam sie in einem Sommerkleid heraus.

„Ist das in Ordnung?"

Er schluckte den Klumpen, der sich in seiner Kehle gebildet hatte herunter, während ihm gleichzeitig am ganzen Körper warm wurde. „Ja", brachte er hervor. Das Kleid war locker geschnitten und reichte ihr bis knapp über die Knie. Es war nichts Verführerisches oder Ungewöhnliches daran und doch fand er, dass sie reizender darin aussah als jede andere Frau, die er in seinem Leben zu Gesicht bekommen hatte. Er spielte mit dem Feuer und wusste das. „Mein, ähm, Basecap wird nicht allzu gut dazu passen."

Sie lächelte. „Das ist schon okay, alles in Ordnung. Komm, wir stürmen die Straße oder den Himmel oder was auch immer du geplant hast. Wie hast du dir das gedacht? Ich habe heute schon die Nachrichten gesehen und erfahren, dass an den Ein- und Ausgängen des Hotels überall Paparazzi lauern."

Er ging zur Tür und öffnete diese für sie. „Es ist für alles gesorgt. Setz die Mütze auf und diese riesige Sonnenbrille, die dein hübsches Gesicht verschattet."

Er setzte seinen Hut auf, zog ihn sich tief ins Gesicht und ergänzte das Ganze noch mit einer dunklen Pilotenbrille. Er biss die Zähne zusammen, als sie an ihm vorüberging und ihr nackter Arm seinen streifte, und kämpfte gegen das Bedürfnis an, nach ihrer Hand zu greifen und sie festzuhalten. *Freunde.* Sie begannen ihre neue Beziehung als Freunde und das Letzte, was er im Moment tun sollte, war, das Wasser erneut mit der schwelenden Attraktion zu trüben, die wie ein herannahender Sturm immer weiter an Intensität zunahm, seit er sie in der Limousine seines Großvaters entdeckt hatte.

* * *

Rex wartete am Servicelift und drückte einen Knopf, als er sie kommen sah. Die Tür glitt auf und er nickte ihnen zu, während sie sich dem leeren Aufzug näherten. Er betrat hinter ihnen die Kabine. Seine breiten Schultern versperrten ihr die Sicht. Dentons Schultern waren ebenfalls nicht zu verachten. Sie fühlte sich äußerst sicher, während sie sich gegen die Wand lehnte. Die Schmetterlinge in ihrem Bauch waren in Aufruhr, als der Aufzug hielt. Zwei schwarze SUVs warteten ein paar Schritte vom Aufzug entfernt. Sie wollte aussteigen, aber Denton packte ihre Hand und zog sie zurück.

„Noch nicht."

„Oh, ok."

Rex trat nach draußen, öffnete die Tür des SUVs, und ein großer Mann und eine Frau tauchten aus den Schatten auf und stiegen in den SUV. Rex schloss die Tür und das Fahrzeug fuhr in Richtung Ausgang, der zweite folgte. Das getönte Glas war so dunkel, dass man nicht sagen konnte, ob sich jemand auf dem Rücksitz befand. Sobald sie verschwunden waren, betrat Rex den Aufzug.

Denton griff in eine Tasche, die in der Ecke gestanden hatte. Er reichte ihr einen Helm. „Setz den auf."

„Was?"

Er grinste. „Fürchtest du dich vor einer kleinen Motorradtour?"

Sie riss den Mund auf. „Wirklich?"

„Ja. Fährst du gern Motorrad?"

Das tat sie nicht, aber das wollte sie ihm nicht sagen. „Klar."

„Großartig. Komm mit." Als sie mit den Helmen den Aufzug verließen, entdeckte sie ein schlankes schwarzes Motorrad. Denton drehte sich um und musterte sie.

„Ich mache das." Er schob ihr Haar unter den Helm und zog dann am Kinnriemen, um zu überprüfen, ob er auch fest genug saß. Er war ihr nahe und sie verspürte das starke Bedürfnis, sich auf die Zehenspitzen zu stellen und seine Lippen zu küssen.

„Okay." Sie erkannte, dass sie nicht Cinderella war; sie war Alice und durch ein Kaninchenloch in eine andere Dimension gestürzt. Eine, in der sie erneut den Halt verloren hatte.

Er stieg auf das schlanke Motorrad und streckte ihr seine Hand entgegen. Sie legte ihre in seine und hielt sich an ihm fest, um das Gleichgewicht zu halten, während sie ein Bein über das Motorrad schwang, während sie mit der anderen versuchte, ihr Kleid am Hochfliegen zu hindern.

„Du hättest mich in Bezug auf das Kleid warnen sollen", murmelte sie und er lachte in sich hinein.

„Wenn es eines dieser Kleider wäre, die bei jedem Windhauch hochfliegen und einem um den Kopf wirbeln, dann hätte ich dich gewarnt. Aber ich fand nicht, dass dieses Kleid danach aussah."

„Das stimmt, aber es verbirgt auch nicht gerade viel."

Er blickte sich um und bemerkte ihre zum größten Teil entblößten Beine. Er grinste. „Daran ist nichts auszusetzen. Ich würde ebenso viel von deinen Beinen sehen, wenn du Shorts tragen würdest. Okay, stell deine Füße auf die Absätze dort und halt dich an mir fest. Auf geht's. Reagiere auf niemanden. Sieh einfach geradeaus, wenn wir das Gebäude verlassen. Okay?"

In Bezug auf die Shorts hatte er recht. Sie legte ihre Arme um seine Taille und schmiegte sich an seinen Rücken. Sein schwarzes Hemd spannte sich über den breiten Schultern und sie spürte, wie sich die Muskeln verhärteten, als sie sich an ihn kuschelte. Sie stieß einen zittrigen Atemzug aus und hielt sich dann fest, als er das Motorrad anließ und sie ruhig durch die fast leere Garage fuhr. Sie entdeckte einen seiner Männer in der Nähe des Ausgangs und die Schranke des Parkhauses hob sich automatisch für sie. Zu ihrer Überraschung standen nur noch ein paar Kameraleute herum. Sie begriff, dass der SUV und das Paar Lockvögel gewesen waren. Natürlich.

„Halt dich fest", vernahm sie seine Stimme in ihrem Helm. Erst in diesem Moment wurde ihr klar, dass sie miteinander reden konnten.

„Du hast Lockvögel eingesetzt."

„Ein Mann tut, was ein Mann tun muss. Auf diese Weise haben wir ein paar Stunden für uns. Wenn wir uns erstmal vom Hotel entfernt haben und am Strand angekommen sind, dann sollte es in Ordnung sein."

„Ich bin voller Ehrfurcht." Und das war sie wirklich.

Mit geschlossenen Visieren fuhren sie durch die Straßen. Es war unmöglich zu erkennen, wer sie waren, als sie über die Brücke auf das strahlend blaue Wasser zufuhren.

Sie bemerkte, dass sie ihn noch fester umarmte. Seine straffen Bauchmuskeln zogen sich unter ihren Händen zusammen. Der Duft seines Parfüms stieg ihr in die Nase. Er roch unglaublich. Als Hotels vor ihnen auftauchten, wusste sie, dass sie zu einem der Strände fuhren. Ann Marie Island war in der Nähe und St. Pete's Beach – und Treasure Island. *Wohin brachte er sie?* Umso näher sie kamen, desto aufgeregter wurde sie. Sie wollte den Helm abnehmen. Sie wusste, dass das nicht sicher war, aber die Vorstellung vom Wind in ihren Haaren und auf ihrem Gesicht war grandios und sie verspürte den überwältigenden Drang, den Helm abzunehmen und frei zu sein. Sie lachte bei diesem Gedanken.

„Was ist so lustig?"

Sie zuckte zusammen und stieß einen Schrei aus. Sie hatte vergessen, dass sie trotz der Helme miteinander reden konnten.

„Ich habe vergessen, dass du mich hören kannst. Ich habe gelacht, weil ich den Drang verspürte, den Helm von der Brücke zu werfen, damit ich den Wind auf dem Gesicht und in den Haaren spüren kann."

„Klingt gut. Aber keine Sorge, wir sind in ein paar Minuten am Ziel und dann kannst du dich entspannen und den Wind in deinen Haaren und auf dem Gesicht spüren. Ich verspreche es."

Sie entspannte sich. Der Mann hatte einen Plan. Natürlich hatte er den. Das gefiel ihr an ihm. Sie mochte es sehr. Und sie war mehr als nur ein bisschen neugierig darauf, was dieser Plan beinhaltete.

* * *

„So wirst du nichts fangen." Denton hatte Blaze dabei zugesehen, wie sie versuchte, an einer Seite des zehn Meter langen Bootes zu fischen, das er gemietet hatte.

Sie waren gegen zehn Uhr an der Marina angekommen. Er hatte überschlagen, dass sie sich etwas entspannen und Sonne tanken, außerdem Mittag essen und fischen konnten, wenn sie das wollte, bevor er zurückmusste um noch einen schnellen Probedurchlauf zu absolvieren und sich für das Konzert umzuziehen. Er hatte seine Assistentin gebeten, eine Kühlbox mit Essen und Getränken an Bord zu bringen und für Blaze ein paar Badesachen sowie Shorts und ein Shirt bereitlegen lassen, falls sie sich sonnen oder lieber Shorts tragen wollte. Er hatte nicht gewusst, was sie anziehen würde, wollte aber auf alles vorbereitet sein. Sie hatte sich für einen Badeanzug anstelle des Bikinis entschieden und die Shorts darüber gezogen. Sie mochte es bequem, war cool und süß. Und sie war schrecklich im Fischen.

Aber das war ihr egal. Es war offensichtlich, dass

sie sich amüsierte. Das tat er auch. Die Stimme in seinem Kopf, die ihn beharrlich gefragt hatte, was er da tat, war für den Moment verstummt. Vielleicht hatte war sie zu dem Schluss gekommen, dass sie auf verlorenem Terrain kämpfte, da Denton das ganze Durcheinander um sein Erbe und seinen Großvater beiseitegeschoben und sich gestattet hatte, sich zu entspannen. Und überhaupt, sie hatten sich darauf geeinigt, dass sie Freunde waren und erkundeten jetzt ihre Freundschaft.

Sie blickte zu ihm hinüber. Er überlegte, dass seine Assistentin Blaze entweder mehrere Größen zur Auswahl hingelegt hatte oder ein ausgezeichnetes Auge für Größen hatte, da die Shorts perfekt passten genauso wie der Badeanzug. „Nun, Mr. Besserwisser, wer hat hier wie viele Thunfische gefangen?"

Er zuckte mit den Schultern. „Ein paar waren es schon, aber ich werde sie nicht kochen. Ich könnte sie für uns zubereiten lassen, falls du nach dem Konzert noch welche essen magst."

„Nein." Sie lachte. „Das ist schon okay. Ich möchte mitten in der Nacht keinen Fisch mehr essen."

„Dann geben wir sie den älteren Männern, die am Pier geangelt haben."

„Das klingt gut. Ich möchte keinen Fisch essen, aber ich würde gern einen fangen. Das Ganze hier macht mich verrückt."

Er steckte seine Angelrute in die dafür vorgesehene Halterung. „Ich könnte dir helfen."

„Ich würde gern lernen, wie es geht."

Sein Puls raste, als er darüber nachdachte, ihr zu helfen. „Wenn du darauf bestehst. Du musst es so machen." Er stellte sich hinter sie, schlang seine Arme um sie und legte sanft seine Hände um ihre. Er korrigiert ihren Griff an der Angelrute. „So", sagte er leise, von ihrem Geruch abgelenkt. Er schluckte, als ihn eine umherfliegende Haarsträhne an der Nase kitzelte. Er bewegte den Kopf, um sie fortzuwischen und strich dabei versehentlich mit den Lippen über ihr Ohr. Eine intensive Regung erfasste ihn, wie wenn ihm kochend heißer Kaffee durch die Speiseröhre rann. Er erstarrte. Stand einfach nur da, ihrer beider sich berührender Körper und ihrer Hände, die übereinander auf der Angelrute lagen, nur allzu gewahr.

„Was nun?" Ihre Stimme klang rau und verführerisch.

Er verharrte mit seinem Mund dicht an ihrem Ohr. Atmete ihren Duft ein und bemühte sich darum, nicht den Verstand zu verlieren. „Wenn man sich einmal daran gewöhnt hat, ist es nicht mehr so schlimm. Gib in den Knien etwas nach." Seine Worte waren ebenfalls kaum zu vernehmen. Er nahm seine ganze Kraft zusammen und zog seinen Kopf zurück, wobei er etwas Abstand zwischen seine Lippen und ihre Haut brachte. „Du wirst einen fangen." Als er an ihr vorbei blickte, entdeckte er einen Schatten im Wasser. Und wie ein dringend benötigtes Wunder erschien ein Fisch im klaren blaugrünen Wasser. „Und da ist er."

Sie sah genau in dem Moment nach unten, in dem der große Fisch den Köder schluckte. Und dann ging es los, die Spule der Angelschnur wickelte sich mit raschem Tempo ab.

Blaze hüpfte und schrie: „Ich habe einen!"

Er lachte. „Ja. Jetzt musst du dranbleiben." Er hatte seine Hände fester um ihre gelegt, um sicherzustellen, dass sie die Angelrute nicht verlor.

„Entspann dich jetzt und zieh sie zurück, hol die Leine ein. Komm schon, lehn dich mit mir zurück." Er zog die Rute nach hinten und sie lehnte sich mit ihm zurück. „Jetzt gib ihm etwas mehr Leine. Lehn dich nach vorn… ja, jetzt wieder zurück. Ja. Du machst das gut. Das tun wir jetzt für eine Weile."

„Warum kann ich ihn nicht einfach einholen?" Sie drehte ihren Kopf, um ihn anzusehen und brachte ihre Lippen erneut in seine Nähe. Sie brachte ihn um den Verstand.

„Du sorgst dafür, dass er müde wird, indem du ihm etwas Raum gibst und ihn dann wieder ein Stück näher ziehst. Irgendwann hast du ihn dann hier neben dem Boot."

„Verstehe. Er ist stark."

Er lächelte. „Sehr. Das was du da gefangen hast, ist ein Tarpun. Ein Raubfisch, es macht Spaß, so einen zu fangen. Wir behalten ihn nicht – dabei geht es mehr um die sportliche Herausforderung. Und wieder zurück. Genau so, lehn dich gegen mich."

Und so ging es beinahe dreißig Minuten lang weiter, es war der völlige Wahnsinn. Er hatte das mit dem Angeln nicht durchdacht. Er hatte nicht daran gedacht, dass er seine Arme um sie würde legen müssen und den *langsamen* Prozess, der nötig war, um den Fisch einzuholen. Er war ungefähr so angespannt, wie als wenn er auf heißen Kohlen säße.

Als sie den Tarpun endlich beim Boot hatten, war er erschöpft davon, sie so dicht an sich zu spüren und der Anstrengung, den starken Fisch einzuholen.

Als das Tier funkelnd und glänzend aus dem Wasser sprang, schnappte sie nach Luft. „Er ist wunderschön.“

Er sah sie an. „Ja, wunderschön.“ Er zwang sich, den glänzenden Silberfisch anzusehen, als dieser das Boot erreichte.

Er erklärte ihr, wo sie seine Handschuhe finden würde und bat sie, diese zu holen. Er wollte nicht, dass sie die Rute verlor, nachdem sie sich so angestrengt hatte. Er steckte die Rute in die Halterung, dann zog er die Schutzhandschuhe an und beugte sich über die Kante, um den Fisch beim Maul zu fassen. Er war mindestens einen Meter lang und erstreckte sich über dem Wasser; er wand sich, aber Denton hielt ihn fest.

„Hol dein Handy und komm her. Bevor wir ihn wieder freilassen, musst du ihn berühren und ein Foto machen. Du, junge Dame, hast einen Tarpun gefangen, und zwar einen recht großen. Ich könnte ein Foto von dir machen, aber obwohl er müde ist, ist er immer noch sehr stark.“

„Ich schieße das Foto.“ Sie strahlte, als sie sich an ihn lehnte und eine Hand über die Reling des Bootes streckte. „Lächeln“, sagte sie und das tat er, während sie das Foto schoss.

„Das hätte ich gern.“

„Klar. Wahrscheinlich werde ich nicht noch einmal einen fangen – nicht, dass ich erwartet hätte, diesen zu erwischen. Dank dir und diesem Abenteuer habe ich eine neue, großartige Erinnerung.“

Er entfernte den Haken und der Fisch schwamm augenblicklich davon. Im Stehen lächelte er sie an, während sie sich auf den Stuhl sinken ließ und sich zurücklehnte, sie sah völlig erschöpft aus. Und wunderschön.

Sie starrten einander an und waren sich der Unterströmungen zwischen ihnen beiden nur zu bewusst. Er erwartete nichts, schließlich hatte sie bereits erklärt, dass es jenseits von Freundschaft besser nichts zwischen ihnen gäbe. Er stimmte ihr zu. Er würde das Land verlieren, das er liebte – das war der Teil des Erbes, der ihm am meisten bedeutete, aber er würde niemanden ausnutzen, um es zu behalten. Er hatte seine Musik und er war ein großer Junge. Er könnte sich eine neue Ranch kaufen.

Das war nicht dasselbe.

Sein Herz zog sich bei diesem Gedanken zusammen, aber er ignorierte es. Er würde nicht heiraten, um seinen Großvater zufriedenzustellen. Und schon gar nicht die Frau, die dieser für ihn ausgewählt hatte. Nein, das würde er nicht tun. Nicht zu seinem eigenen Vorteil. Sein Großvater hatte sich verzockt, als er angenommen hatte, dass Denton sich auf seine Sperenzchen einlassen würde.

Sie biss sich auf die verlockenden Lippen und sein Blick fiel darauf. Abrupt drehte er sich der Kühlbox zu. „Essenszeit. Anschließend fahren wir zurück."

„Ich muss mir die Hände waschen."

„Ich auch." Sie bewegten sich gleichzeitig und

trafen sich an der Treppe. Er hielt inne. „Du zuerst." Er war sich jeder ihrer Bewegungen bewusst, als er sie vorbeigehen ließ und ihr dabei zusah, wie sie in die Kabine hinunterstieg. Er wartete, bis sie zurückkam, da er wusste, dass der Platz dort unten aufgrund der geringen Größe des Bootes äußerst begrenzt war und sie sich nicht gleichzeitig dort aufhalten sollten. Sein Puls raste, als sie die Stufen hinaufkam.

„Erledigt." Sie eilte an ihm vorbei.

Er ging rasch die Stufen hinunter und zur Toilette. Er drehte das Wasser auf und sah sich im Spiegel in die Augen. „Reiß dich am Riemen, Alter. Nimm dich zurück." Morgen würden sie wieder in Texas sein und alles würde wieder so sein wie zuvor. Sie wäre bei einem seiner Konzerte gewesen und alles würde wieder beim Alten sein.

Mehr als Freundschaft würde nicht zwischen ihnen sein.

* * *

Das Konzert war laut und die Menge sang vor Energie

sprühend die Lieder mit, die Denton und seine Band zum Besten gaben. Sie befand sich hinter der Bühne und saß an einer Stelle, von der aus sie Denton und die Menge sehen konnte. Die Lichter waren so gleißend hell, dass es schwierig war, die Menge jenseits der Bühne zu erkennen, aber sie hatte direkte Sicht auf einen Bildschirm, auf welchem sie unschwer die Begeisterung und schwärmerische Hingabe auf den Gesichtern des recht jungen Publikums ganz vorn ausmachen konnte. Sie erkannte sich selbst in dieser Menge wieder.

Sie legte eine Hand auf ihren nervösen Bauch und bemühte sich darum, nicht denselben Gesichtsausdruck zur Schau zu stellen, während sie ihm bei seinem Auftritt zusah.

Sie waren nur Freunde. Weiter als bis an diesen Punkt würde es nicht gehen. Ab morgen würden die Dinge wieder ihren gewohnten Gang gehen. Das sagte sie sich seit dem Angelausflug immer wieder. Sie spürte immer noch seine Arme um sich, während sie zusammen den großen, wunderschönen Fisch zum Boot zogen. Wer hätte gedacht, dass ein Fisch derartige Turbulenzen in ihrem Inneren verursachen würde?

Ein paar Mal hatte sich Denton zu ihr umgedreht und für sie gesungen. Wahrscheinlich konnten sie einige Zuschauer sehen, die am anderen Ende der Bühne standen, aber die meisten konnten es nicht. Gegen Ende des Konzerts kochte die Stimmung der Menge hoch, als Denton mit einem Finger über die Gitarrensaiten strich und den ersten Akkord von ‚Show Me How A Kiss Is Done' anschlug. Sofort brachen die Fans in Jubel aus und die Frauen ganz vorn begannen zu springen und zu schreien und nach oben zu greifen. Eifersucht ergriff sie mit voller Wucht und erstaunt nahm sie deren Heftigkeit zur Kenntnis.

Sie starrte ihn an und bemerkte, dass sie eine Grenze überschritten hatte. Und dann sah sie, wie er sich umdrehte, während er zu singen begann und ihr direkt in die Augen blickte. *Ihr.*

Ihr Herz klopfte so laut, dass es ihr beinahe unmöglich war, seine Stimme über das Soundsystem zu hören. Sie wusste, dass er sich jeden Moment abwenden und wieder zur Menge singen würde, aber das tat er nicht. Er sang und spielte weiter und sie konnte kaum atmen. Und dann begann die Menge zu toben, als der Bildschirm aufblitzte und sie mit einem Mal zu ihrer Überraschung sich selbst darauf entdeckte. Der Kameramann hatte auf sie gezoomt, sodass jeder im Publikum sehen konnte, für wen er sang.

Wenn sie nicht auf dem hohen, faltbaren Stuhl gesessen hätte, wäre sie wahrscheinlich augenblicklich zu Boden gesungen. Zu ihrer Überraschung drehte er sich nun ganz zu ihr herum. Er sang die Worte, die sie einmal so ernst zu ihm gesagt hatte und schritt nun auf sie zu.

Dreh dich wieder um.

Sie versuchte, nicht zu hyperventilieren, während er weiter auf sie zugelaufen kam. Aber er kehrte nicht um. Stattdessen blieb er stehen, kurz bevor er den Vorhang erreichte und sang mit einem schelmischen Schimmer in den Augen direkt zu ihr. Sie konnte sich nicht bewegen, trotzdem sie das wollte. Sie wollte sich umdrehen und wegrennen.

Sie bat ihn mit den Augen darum, aufzuhören und

nachdem er zwei Strophen ausschließlich für sie gesungen hatte, wandte er sich wieder der Menge zu und beendete das Lied.

Sie atmete schwer, während er sich entfernte. Ihre Hand glitt zu ihrem Herzen. Dann sah sie auf und stellte fest, dass die Kamera immer noch auf sie gerichtet war. Sie starrte sich selbst in die Augen und wusste, dass sie immer noch unbestreitbar, eindeutig und unglaublich in Denton McCoy verliebt war.

KAPITEL ACHT

Als sein Wecker ertönte, rollte sich Denton auf den Rücken und starrte an die Decke. Er hatte es vermasselt.

Er hatte nicht anders gekonnt, als sich Blaze zuzuwenden, als er begonnen hatte, dieses Lied zu spielen. Sie hatte ihm von einer Ecke der Bühne aus zugesehen und er hatte dagegen ankämpfen müssen, nicht alle Lieder ausschließlich für sie zu singen. Mit jeder Faser seines Körpers hatte er sich ihr zuwenden wollen. Und als er den ersten Akkord von ‚Show Me How A Kiss Is Done‘ angeschlagen hatte, hatte er nicht mehr aufhören können, zu ihr zu singen.

Sie war wie erstarrt gewesen, hatte ihn mit riesigen Augen angesehen, als er auf sie zugegangen war und ihn stumm angefleht, das zu unterlassen. Doch das hatte er nicht getan. Nein, er hatte weiter gesungen. Und die Kamera hatte diesen Moment eingefangen.

Sie war sauer auf ihn gewesen, als er nach dem Konzert zu ihr gestoßen war, hatte es abgelehnt, mit ihm zu Abend zu essen und war auf direktem Weg in ihr Zimmer gegangen.

Was hatte er nur gedacht? Er zwang sich dazu, aus dem Bett zu steigen, verließ dann das Schlafzimmer und ging zur Kaffeekanne hinüber. Rex hatte ihm eine Kanne hingestellt. Er goss sich eine Tasse ein und starrte aus dem Fenster. Er trank einen Schluck von dem heißen Gebräu und ging dann zur Dusche. Er sah eine Zeitung auf dem Tisch liegen. Rex legte ihm immer die Morgenzeitung auf diesen Tisch, wenn es darin um seine Konzerte ging.

Als er sie umdrehte und die Schlagzeile und das Foto sah, hätte er beinahe seinen Kaffee fallengelassen. „Wer ist diese mysteriöse Frau?" Unter der Überschrift prangte ein Bild von ihm, wie er zu Blaze sang. Daneben befand sich ein vergrößertes Bild von Blaze' hübschem Gesicht.

DIE ZWEITE CHANCE DES MILLIARDENSCHWEREN COWBOYS

Er stellte den Kaffee ab, griff nach der Zeitung und überflog den Artikel. Darin wurden ungeniert Informationen über Blaze preisgegeben. Während er ihn las, wurde ihm klar, dass die Boulevardblätter wahrscheinlich voll waren mit Artikeln über sie beide.

Er ging zur Dusche. Er musste Blaze in ein Flugzeug setzen und sie zurück zur Ranch bringen. Sie würde mehr Funken sprühen wegen dieser Sache als ein brennender Feuerwerkskörper. Und das alles wegen ihm und diesem verdammten Song.

Seit Blaze Masterson in der Limousine seines Großvaters aufgetaucht war, war sein Leben komplett auf den Kopf gestellt worden. Denn immer wieder redete er sich ein, dass er etwas bestimmtes wollte… und dann ging er los und tat das genaue Gegenteil davon.

Dusche. Im Moment brauchte er eine heiße Dusche und dann musste er mit Blaze sprechen.

* * *

Schon früh hatte Blaze ihren Koffer gepackt. Sie

stopfte ihre Haare unter das Basecap, das Denton ihr am Tag zuvor gegeben hatte und verließ das Zimmer. Sie musste rechtzeitig am Flughafen sein. Sie erwartete, dass Rex sie sehen würde, aber er hielt sich weder im Gang noch in der Nähe des Aufzugs auf. *Gut.* Sie hatte einen Flug nach Hause gebucht und ein Taxi gerufen, das sie zum Flughafen bringen würde. Sie würde einfach nach unten gehen, in den Wagen steigen und schon wieder zu Hause sein, bevor Denton auch nur zum Aufbruch bereit wäre. Er hatte gesagt, dass er an diesem Tag ein Telefonat mit seinem Agenten führen musste und sie gegen elf abreisen würden. Es war sieben und ihr Flug ging um neun.

Es fühlte sich falsch an, dass sie sich aus dem Staub machte, aber sie war immer noch so verärgert über sich selbst und über ihn, dass sie nicht bleiben konnte. Es war kindisch, das war es wirklich, aber sie brauchte ihn nicht. Sie war eine erwachsene Frau und wenn sie nicht bleiben wollte, dann konnte sie gehen.

Sie wartete darauf, dass sich die Aufzugstüren öffneten. Sie hatte Denton gesagt, dass sie nur Freunde waren. Dass er sich keine Sorgen zu machen brauchte, sie würde ihm nicht wie früher hinterherjagen. Und doch hatte er gestern den ganzen Tag über mit ihr gespielt. Sie ließ den Tag noch einmal in Gedanken Revue passieren und es stimmte. Die Motorradfahrt, die Unterweisung im Angeln – seine Arme, die sie so verlockend umschlungen hatten. *Und dann hatte er dieses Lied für sie gesungen…* sie stöhnte auf, als sie an diese Momente dachte. Augenblicke, in denen er ihr seine Aufmerksamkeit geschenkt hatte. *Ihnen beiden.*

Was hatte er sich nur dabei gedacht?

Sie hatte dort gesessen und ihn wie gebannt angestarrt und als sie dann ihr Gesicht auf dem großen Bildschirm gesehen hatte, ihr Gesicht, auf das die Kamera gezoomt hatte – da hatte ihr der Ausdruck in ihren Augen eines verdeutlicht…

Sie war verliebt.

Und das wollte sie nicht sein. Sie schloss die Augen… das wollte sie wirklich nicht.

Das konnte sie nicht zulassen. Sie konnte nicht noch einmal dieses Mädchen sein.

Die Aufzugtüren öffneten sich; sie packte den Griff ihres Koffers und rollte ihn in den Fahrstuhl, während sie nach Rex Ausschau hielt. Wo war er? Er war jeden Morgen in der Nähe gewesen und sie freute sich, dass er gerade nicht da war, denn sie hoffte, dass sie es aus dem Hotel herausschaffen würde, bevor Denton bemerkte, dass sie gegangen war. Sie wollte ihn im Moment nicht sehen.

Sie drehte sich um und streckte die Hand aus, um den Knopf für die Lobby zu drücken, als Denton um die Ecke geeilt kam.

„Blaze, warte."

Die Tür schloss sich, kurz bevor er sie erreicht hatte. Der überraschte Ausdruck auf seinem Gesicht nagte an ihr, während der Aufzug in einer Art und Weise abwärtskroch, die ihr wie die längste Fahrstuhlfahrt ihres Lebens vorkam. Zum Glück hielt er auf keinem weiteren Stockwerk. Darüber war sie froh, denn sie war sich sicher, dass Denton in den anderen Aufzug gesprungen war. Doch sie hatte einen Vorsprung und wenn es ihr gelänge, die Lobby zu durchqueren und in das bereitstehende Taxi zu steigen, dann hätte sie es geschafft.

Sie verstärkte den Griff um ihren Koffer. Als sich

die Türen öffneten, eilte sie hinaus… Kameras blitzten, sie hörte jemanden ihren Namen rufen und plötzlich war sie von einer Meute Paparazzi umgeben. Es war das reinste Chaos.

* * *

Wohin wollte sie?

Denton hämmerte auf den Knopf des zweiten Fahrstuhls. Am Abend zuvor war sie aufgebracht gewesen, hatte es abgelehnt, mit ihm zu essen und hatte auf ihr Zimmer gehen wollen. Er hatte getan, worum sie ihn gebeten hatte. Er war über seine Taten genauso erstaunt gewesen, wie sie verärgert. Doch er hatte nicht erwartet, dass sie abreisen würde. Er hatte vorgehabt, mit ihr über alles zu reden.

Die Tür öffnete sich und er betrat den Fahrstuhl und drückte ungestüm auf den Knopf für das Schließen der Türen. Die Fahrt nach unten kam ihm endlos vor. Als sich die Türen öffneten, bot sich ihm ein chaotischer Anblick. Leute mit Kameras und Mikrofonen waren überall. Er entdeckte Rex, der über die Paparazzi hinausragte und dann sah er auch Blaze in dessen Nähe.

„Wie fühlt es sich an, die Freundin des heißesten und reichsten Junggesellen der Country-Musik-Szene zu sein?"

„Was für ein romantisches Lied er für Sie gesungen hat!"

„Wie lange gehen Sie schon miteinander aus?"

Die geschrienen Fragen erklangen eine nach der anderen.

„Blaze", rief er und zog ihren anklagenden, verletzten Blick auf sich, der seinen über die Masse der Bodenkriecher hinweg traf. „Warte. Bleib, wo du bist." Er ging auf sie zu. Ein Mikrofon wurde ihm so heftig entgegengestreckt, dass es ihn am Kiefer traf. Er schlug es beiseite. „Pass doch auf, Mann."

„Tut mir leid. Wie lange sind Sie beide bereits zusammen?"

„Das sind wir nicht. Jetzt geh aus dem Weg." Er ignorierte alle anderen, während er vorwärts drängte. Blaze tat dasselbe, wobei sie von Rex, ganz der gute Bodyguard, mit seinem kräftigen Körper abgeschirmt wurde , um ihr zu ermöglichen, zum Ausgang zu gelangen. Das Sicherheitspersonal des Hotels war inzwischen ebenfalls eingetroffen, um zu helfen. *Woher waren nur all diese Fotografen gekommen?*

Er wusste nicht, was Rex hier unten tat und warum er nicht oben war, aber er war froh darüber, dass er bei Blaze war. Ein weiteres Mikrofon kam ihm zu nahe. „Nimm das aus meinem Gesicht", knurrte er. „Ich gebe jetzt kein Interview." Er hatte versucht, geduldig mit ihnen zu sein, obwohl er sich nicht um ihre Arbeit scherte. Trotzdem wurde er sauer, wenn man ihm aggressiv ein Mikrofon ins Gesicht schob. Und dann tat das gleiche jemand bei Blaze. Das brachte das Fass zum Überlaufen.

Er überwand die restliche Distanz zwischen ihnen und stellte sich zwischen sie und die Idioten mit ihren Kameras und Aufnahmegeräten. Rex tat dasselbe. Er griff nach Blaze' Arm, doch sie riss sich los.

„Lass mich los. Ein Taxi wartet auf mich."

„Warum reist du ab?"

„Damit ich dich nicht sehen muss. Ich hatte jedoch nicht erwartet, dass mich alle deine Freunde belästigen."

„Das sind nicht meine Freunde." Er zog sie mit sich zur Tür. „Komm, Rex, wir gehen."

„Ganz deiner Meinung, Boss." Er stieß die Tür auf und starrte einen gedrungenen Mann an, der beinahe versucht hätte, erneut in Blaze' Nähe zu kommen.

Dann waren sie endlich draußen, wo der SUV bereits auf sie wartete. Rex hatte ihn aus dem Getümmel heraus angefordert.

Denton griff nach der Tür, während Rex seinen Körper einsetzte, um die Reporter im Zaum zu halten.

„Mein Koffer. Ich habe ihn dort drinnen aus den Augen verloren. Und was ist mit dem Taxi, das auf mich wartet?" Blaze drehte sich um, während sie mit einem Fuß bereits auf dem Trittbrett stand.

„Rex wird den Koffer holen und den Fahrer bezahlen. Jetzt lass uns einsteigen."

Zum Glück tat sie, worum er sie gebeten hatte. Er stieg ebenfalls ein und zog die Tür hinter sich zu. Augenblicklich rollte das Fahrzeug los.

„Ich muss einen Flug kriegen." Sie war ans andere Ende der Sitzbank hinübergerutscht und hatte ihre Arme vor der Brust verschränkt und starrte ihn an.

„Ich wusste, dass du gestern Abend sauer auf mich warst, aber ich wusste nicht, dass es so schlimm ist. Warum?"

„Weil das alles zu viel war gestern Abend. Warum hast du das getan?" Sie deutete in Richtung des Hotels, das hinter ihnen verschwand. Ihre Augen bezeugten ihren Schmerz.

„Ich weiß nicht, warum ich es getan habe. Ich habe angefangen zu singen, wie ich es immer tue, und du warst da und bevor ich es mich versah, nahm alles seinen Lauf. Es tut mir leid. Ich wusste, dass du gestern Abend sauer auf mich warst, aber ich dachte, dass wir heute darüber reden könnten. Warum reist du ab?"

Sie sah aus dem Fenster. Ihre Brust hob sich, als sie versuchte, die Kontrolle über ihre Gefühle wiederzuerlangen, bevor sie sich erneut zu ihm umdrehte. „Weil… alle denken… dass wir, du weißt schon – ein Paar sind. Und jetzt steht alles Kopf."

„Okay, okay. Ich verstehe. Ich weiß nicht, warum ich das getan habe. Ich wollte nicht, dass du diese Art von Aufmerksamkeit bekommst. Das tut mir leid, aber–"

„Ich habe es dir doch gesagt, Denton." Sie seufzte. „Ich habe dir gesagt, dass ich dich nicht erneut verfolgen würde oder irgendeines der Dinge tun würde, die ich getan habe, als ich jung und naiv war. Das habe ich dir gesagt. Aber die Dinge geraten außer Kontrolle, und was du gestern Abend getan hast, ist nicht im Mindesten hilfreich in Bezug auf die ganze Situation. Um ehrlich zu sein, bin ich nicht völlig immun gegen dich."

Ihre Worte trafen ihn. Er zögerte und dachte über seine Erwiderung nach. „Auch ich… bin nicht gegen dich immun. Das ist wahrscheinlich offensichtlich. Nicht, dass ich das wollte–"

Sie stieß ein raues Lachen aus. „Das ist auch nichts, was ich wollte. Wirklich und wahrhaftig nicht. Deshalb fahre ich zum Flughafen. Wenn du dem Fahrer nur sagen würdest, dass er mich dorthin bringen soll, dann bin ich dir aus dem Weg. Ich möchte dieses Gespräch im Moment nicht führen. Ich möchte nach Hause. Wir müssen zurücktreten und wieder etwas Raum zwischen uns bringen. Denn Denton, ich möchte wirklich nicht mehr so sein wie früher. Es ist nicht gesund, so besessen von jemandem zu sein, dass das dein Leben bestimmt. Es war merkwürdig. Diese Person möchte ich nicht sein. Auf keinen Fall. Deswegen muss ich nach Hause. Wenn du so freundlich wärest, meiner Bitte nachzukommen und dem Fahrer zu sagen, dass er mich am Flughafen absetzen soll."

Sie meinte das ernst. Es war wohl das Beste. Er hatte ohnehin nicht tun wollen, was sein Großvater von ihm verlangte. Er drückte auf einen Knopf. „Bringen Sie uns zum Flughafen. Wir müssen die Dame absetzen."

„Jawohl."

„Okay, wie sind auf dem Weg. Du hast recht. Vielleicht brauchen wir etwas Raum, um wieder einen klaren Kopf zu bekommen. Aber du solltest nicht denken, dass das, was gerade geschehen ist, vorüber ist. Sie werden dich verfolgen. Da du nicht auf der privaten Landebahn der Ranch ankommen wirst, werde ich einen Wagen schicken, der dich abholt. Geh auf direktem Weg zum Abholbereich für Limos und du wirst zur Ranch gebracht."

Sie nickte. „Wir haben da wirklich ein heilloses Durcheinander angerichtet.“

Er starrte aus dem Fenster. „Ich habe das Durcheinander verursacht.“

Was, fragte er sich erneut, *hatte er sich nur gedacht?* Er dachte nicht, wann sie in seiner Nähe war. Er reagierte. Ein paar Minuten später, nachdem sie ihm mitgeteilt hatte, dass er nicht auszusteigen brauchte – sie wollte wirklich nicht noch mehr Aufmerksamkeit erregen – da sah er ihr dabei zu, wie sie den Flughafen von Tampa betrat. Und er wünschte sich von ganzem Herzen, er hätte nicht alles so schrecklich vermasselt.

KAPITEL NEUN

Blaze schritt mit ins Gesicht gezogenem Basecap und einer riesigen Sonnenbrille auf der Nase durch den Flughafen von Austin. Sie hatte ihren Hemdkragen hochgeschlagen und den Blick vor sich auf den Boden gerichtet. In der Nähe des Ausgangs stand ein Zeitungsständer vor einem Geschäft und sie warf einen raschen Blick darauf. Ihr bot sich das gleiche Bild wie am Flughafen von Tampa: Auf jedem einzelnen Klatschmagazin prangte ein Foto von ihr.

Großartig. Einfach großartig.

Zum Glück wartete eine Limousine auf sie, genau wie Denton es versprochen hatte. Sie hatte eine Nachricht erhalten, in der sie aufgefordert wurde, nach einem Schild mit ihren Initialen Ausschau zu halten. Ihr voller Name wurde nicht erwähnt.

Sie atmete erleichtert auf, als sie sich auf die Rückbank sinken ließ, ohne ein weiteres Mal von einer wissbegierigen Menge gelöchert worden zu sein. Das hatte sie nun wirklich nicht gebraucht.

Eine Stunde später fuhr die Limousine auf den Platz vor dem Pferdestall der Ranch und ihr Vater kam ihr entgegen. Er war voller Fragen. Sie hatte ihm erklärt, dass die Reporter die Tatsache aufgegriffen hatten, dass Denton ‚Show Me How A Kiss Is Done‘ gesungen hatte und anschließend ihre eigene, unwahre Sicht der Dinge darüber publiziert hatten, was das bedeuten mochte.

„Geht ihr miteinander aus?“, fragte er mit hoffnungsvollem Blick.

Als sie ihn ansah, erkannte sie überrascht, dass ihr Vater womöglich wollte, dass sie sich mit Denton traf. Er liebte die McCoys, daher erforderte es wohl keine allzu große Fantasie, um sich vorzustellen, dass er sich wünschen könnte, dass sie sich tatsächlich in einen von ihnen verliebte. Und sich das nicht nur einbildete wie damals, als sie noch ein Mädchen gewesen war.

„Nein, Daddy. Wir gehen nicht miteinander aus.

Und das werden wir auch nicht. Es ist einfach zu kompliziert. Wir sind nur Freunde. Aber ich bin gerade etwas sauer auf ihn, weil er uns in diese Position gebracht hat."

Ihr Vater lachte in sich hinein. „Klingt ein bisschen nach einer Vergeltung für all die unangenehmen Situationen, in die du ihn gebracht hast, als ihr aufgewachsen seid. Ich glaube, seine Freunde haben ihn ständig damit aufgezogen, dass es da dieses Kind gibt, dass für ihn schwärmt."

„Du hast recht. Ich kann ihm das nur schwerlich vorwerfen. Aber wir hatten Fortschritte gemacht und jetzt wird uns das beide verfolgen."

„Das wird sich schon finden. Und nur fürs Protokoll: nicht nur ich habe gehofft, dass ihr zwei euch gut versteht. Mr. McCoy auch. Er hat es mir gestern erzählt, als wir Schach gespielt haben. Er zwingt den Kindern in Bezug aufs Heiraten ein wenig seinen Willen auf, musst du wissen. Sein Bruder J.D. hinterließ ein Testament, das dessen Jungs zwang zu heiraten und mindestens drei Monate verheiratet zu bleiben, um nicht alles zu verlieren. Talbert verlangte etwas ähnliches von Ash. Und jetzt tut er das mit Denton."

Ihr wurde flau im Magen. *Hatte er sie deshalb eingestellt?*

Hatte Denton das gewusst? Gehörte das alles zu einem größeren Plan um sie auszunutzen?

Ihre Kehle wurde trocken. Plötzlich ergab das Wochenende einen Sinn. „Was genau tut er denn?"

Ihr Vater musste den verbitterten Unterton wahrgenommen haben, denn mit einem Mal sah er etwas unsicher aus.

„Ähm, nun, es war eine Art Geheimnis, bis ein Reporter es bei Ash herausbekam. Talbert sorgte dafür, dass die Geschichte heruntergespielt wurde und nicht viel Aufmerksamkeit erhielt. Nichtsdestotrotz hat er Denton drei Monate gegeben, um eine Frau zu finden und dann muss er drei Monate verheiratet blieben, um der Ehe eine Chance zu geben. Wenn ihm eines dieser Dinge nicht gelingt, verliert er sein Erbe. Doch die Ranch ist das, was Denton liebt. Ihr Verlust würde ihn schwer treffen."

Ungläubig sah sie ihren Vater an. „Mr. McCoy macht ernsthaft so etwas?"

Dieser nickte. „Aber er hofft, dass sie so die Liebe finden."

Wut pulsierte in ihren Adern. „Das ist so falsch. Und Daddy, ich werde da nicht mitmachen, falls er versuchen sollte, mich in diese ganze Sache zu verwickeln. Bitte sag mir, dass du nicht daran beteiligt bist."

„Nein, ich habe bis gestern nichts davon gewusst. Ich habe angenommen, dass du angeheuert wurdest, damit du dich um mich kümmern kannst. Das ist gut. Ich liebe es, dich in der Nähe zu haben."

„Und ich habe es geliebt, hier zu sein. Aber Daddy, ich sage dir das hier und jetzt, es kann sein, dass ich diese Arbeit aufgebe, wenn ich herausfinde, dass ich verkuppelt werden soll."

Der Schmerz und die Sorge im Gesicht ihres Vaters missfielen ihr. Aber das Ganze war falsch und sie würde sich nicht mithineinziehen lassen. Schon der Gedanke daran, was die Boulevardzeitungen schreiben würden, wenn sie diese Geschichte herausbekämen, jagte ihr einen Schauer über den Rücken.

Was dachte sich Mr. McCoy bloß?

Am nächsten Tag traf Caroline Blaze dabei an, wie diese gerade die Felgen der Limousine polierte. Das war Teil ihrer Bemühungen, das Auto für den kommenden Tag vorzubereiten, an dem sie Mr. McCoy zu einem Meeting nach San Antonio fahren würde.

„Was für ein großartiges Foto von dir." Caroline lehnte sich gegen die Seite des in frischem Glanz erstrahlenden Wagens. Sie ließ ein Klatschmagazin vor Blaze' Gesicht baumeln.

Blaze sah auf und runzelte die Stirn. „Es ist lächerlich. Und du hast tatsächlich für so etwas Geld ausgegeben? Warum bezahlt man jemanden, der nur Unsinn und Lügen von sich gibt?"

Caroline grinste, rollte das Magazin zusammen und schlug es gegen ihre Handfläche. „Weil ich gehofft hatte, dass es stimmt."

Blaze stand auf. „Nun, das tu es nicht."

Caroline hob eine Braue. „Bist du dir sicher? Dein Gesichtsausdruck spricht Bände. Jeder, der das Bild betrachtet, erkennt das."

„Bei diesem Konzert haben tausende andere Leute

genauso geschaut. Dieser Cowboy kann sich bewegen, hat eine großartige Stimme und ist sexy wie nur was, wenn er dieses Lied singt. Mein Gesichtsausdruck bedeutet gar nichts."

Caroline sah nicht überzeugt aus. „Ich glaube dir nicht."

Argh, würde das niemals aufhören? „Ich fühle nicht das, was du denkst. Ich war einst ein Kind mit einer außer Kontrolle geratenen Fantasie und habe für deinen Bruder geschwärmt. Ich bin erwachsen geworden. Ich fühle nicht mehr dasselbe. Und erst recht plane ich ganz sicher keine Wiederholung dieser Jahre der Besorgnis und sogenannten unerwiderten Liebe."

Ein Lächeln kräuselte Carolines Lippen. „Unerwiderte Liebe. Eine gute Analyse. Sei nicht so voreilig damit, es zu leugnen."

Das gab den Ausschlag. „Ich glaube, dein Großvater will mich verkuppeln. Weißt du etwas darüber?"

„Ich weiß, dass er diesen grässlichen Plan hat, uns zum Heiraten zu zwingen, damit wir ihm Urenkel schenken. Ich hasse das. Aber ich habe immer gedacht, dass du und Denton vielleicht eines Tages eine zweite Chance bekommen würdet."

„Wir hatten keine erste Chance. Ich war noch ein Kind."

„Und nun bist du eine erwachsene Frau, der ihre Gefühle auf diesem Foto nur allzu deutlich ins Gesicht geschrieben stehen." Mit einem Schwenk ihrer Hand entrollte sie die Zeitschrift wieder und Blaze sah die Nahaufnahme ihres Gesichts, das unverkennbar Liebe bezeugte.

Das bekräftigte ihre Entschlossenheit noch. „Caroline, Bilder können täuschen. Da ist nichts zwischen mir und deinem Bruder."

„Ich muss für eine Wohltätigkeitsgala der Galerie, in der meine Kunst ausgestellt wird, nach Houston, deswegen lasse ich dich fürs erste in Ruhe. Ich möchte nur, dass du offen bist. Ich hoffe, dass du einwilligst, wenn Denton dich bittet, ihn zu heiraten, um sein Erbe zu retten. Gib ihm eine Chance. Gib euch beiden eine Chance. Denn ich glaube, dass dieser Ausdruck auf deinem Gesicht mehr zu bedeuten hat, als du zugeben willst."

DIE ZWEITE CHANCE DES MILLIARDENSCHWEREN COWBOYS

Und da war es. Man versuchte, sie zu verkuppeln, das war unbestreitbar.

* * *

„Also, was ist da los zwischen dir und Blaze? Und warum sagen die Boulevardzeitungen, dass sie deine Freundin ist? Irgendwie soll das damit zusammenhängen, dass du ein Lied für sie gesungen hast?", fragte Ash ein paar Tage, nachdem Denton aus Tampa zurückgeflogen war. In den kommenden zwei Wochen stand kein Konzert an und er musste zugeben, dass er froh darüber war. So hatte er Zeit, mit den jungen Kühen zu helfen. Ash war heute bei ihnen und sie hatten die Herde geimpft und die Neugeborenen untersucht.

Er öffnete das Gatter und das nächste Kalb kam in den kleinen Pferch gerannt. Er schloss das Gatter wieder, ließ die seitlichen Begrenzungen näherkommen und hielt das Kalb dann vorsichtig ruhig, während Ash es untersuchte und ihm anschließend die Spritzen verabreichte. Sobald er das

167

erledigt hatte, entließ er das Kalb auf der anderen Seite des Pferchs.

„Sie ist sauer auf mich. Aus mehreren Gründen. Das Wochenende mit ihr war angenehm. Es war schön, dass jemand bei mir war. Wir sind gut damit vorangekommen, die Dinge hinter uns zu lassen, die sie getan hat, als wir noch zur Schule gingen und hatten Spaß. Wir sind ein paar Meilen vor der Küste angeln gewesen… sind Motorrad gefahren und haben die Bodenkriecher überlistet.“

„Wow, das klingt, als hättet ihr zwei wirklich gewaltige Fortschritte gemacht.“

„Das haben wir. Wir waren uns einig, dass wir Freunde sein wollen. Es ist ihr unendlich peinlich, wie sie sich als Kind benommen hat und sie will so etwas nie wieder tun.“

„Das klingt doch alles gut. Was ist also passiert? Holly sagt, Blaze redet nicht.“

„Wir hatten abgemacht, dass wir Freunde sind und dann habe ich an diesem Abend beim Konzert für sie gesungen. Sie saß hinter der Bühne, außer Sichtweite, aber einer der Kameramänner hatte sie im Blick und brachte sie auf den großen Bildschirm. Sie war sauer. Richtig sauer.“

„Jetzt verstehe ich es. Die Paparazzi-Spürhunde haben dann veröffentlicht, dass sie deine Freundin ist. Großartige Story für sie.“

„Ja, aber für Blaze ist das nicht ganz so großartig. Sie war so wütend, dass sie alleine nach Hause geflogen ist, wie du weißt. Aber bevor ihr das gelang, wurde sie von Paparazzis umzingelt. Es brauchte mich und Rex, um sie da rauszuholen. Sie ist immer noch nicht drüber hinweg.“ Er seufzte. Das hatte er in letzter Zeit häufig getan. Er fühlte sich miserabel und nicht einmal Ausritte auf Ranchland oder das Arbeiten mit dem Vieh halfen.

Sie kümmerten sich um ein weiteres Kalb und nachdem er es hatte laufen lassen, legte Ash den Kopf schief und musterte ihn mit ernstem Blick. „Was ist mit Großvaters Forderung? Die Uhr tickt.“

„Ich werde das nicht tun. Denk mal darüber nach. Zum einen ist Blaze nicht zufällig hier. Er hat sie als die ausgewählt, die ich heiraten soll.“

„Hat er das gesagt?“

„Nein. Aber ich bin nicht dumm. Offensichtlicher könnte es nicht sein. Ich werde nicht blind seinem Willen folgen. Er kann die Ranch haben. Ich werde mir eine eigene kaufen.“

„Es wird nicht dasselbe sein, das weißt du. Das hier ist dein Zuhause. Das Land, das du liebst. Erzähl ihr von der Forderung und sieh, ob sie bereit wäre, darauf einzugehen. Man weiß nie.“

„Das werde ich nicht tun. Ich mache nicht, was er von mir verlangt. Außerdem ist es nicht fair, Blaze auf diese Art und Weise auszunutzen.“

„Vielleicht würde sie es aus einem anderen Blickwinkel sehen.“

„Würde sie nicht. Man hat beständig versucht, sie auszunutzen, als sie in Kalifornien modeln wollte. Sie hat sich selbst geschworen, sich nie wieder auf diese Weise ausnutzen zu lassen. Und sie würde das Ganze nicht gutheißen.“

Ash verschränkte die Arme und sah für einen Moment nachdenklich drein. „Okay, dann mach es anders. Finde jemand anderen. Jemanden, mit dem dein Großvater dich nicht verkuppelt hat. Aber versuch es wenigstens. Wenn du es auf deine Weise tust, dann ist das deine und nicht seine Art, die Dinge anzugehen. Aber lass nicht aufgrund deiner sturköpfigen Art zu, dass du aus dem Testament getilgt wirst. Das würdest du bereuen. Und ich glaube, Großvater würde es ebenfalls bereuen. Aber ich habe keine Ahnung, ob er einlenken würde und zugeben könnte, dass das alles eine schlechte Idee war. Ich habe den Eindruck, er denkt, dass er euch beiden eine zweite Chance ermöglicht."

„Wir und eine zweite Chance sollten ihn nicht interessieren. Ich mag das nicht, egal aus welchem Blickwinkel ich es auch betrachte. Aber ich werde darüber nachdenken."

„Gut. Man kann nie wissen."

Er stemmte die Hände in die Hüften und starrte zum Horizont, wo Vieh weidete. *Konnte er kampflos zulassen, dass dieses Land nicht mehr Teil seines Lebens war?*

* * *

Zwei Tage nach der katastrophalen Reise mit Denton

sollte sie Mr. McCoy zu einem Meeting in San Antonio fahren. Sie war Denton aus dem Weg gegangen, seit sie nach Hause zurückgekehrt war, was nicht allzu schwierig gewesen war, da er sie ebenfalls mied. Den Großteil der Zeit über hatte er mit den Kühen gearbeitet.

Nach allem, was Caroline ihr erzählt hatte, war sie nun äußerst nervös, ihren Chef zu seinem Meeting zu chauffieren. Sie wusste immer noch nicht genau, ob sie weiterhin für ihn arbeiten sollte. Wenn ihr Vater nicht wäre, hätte sie bereits gekündigt und sich einen Job bei einem der großen Limodienste in Houston gesucht. Aber dieser spezielle Job war genau das, was sie im Moment brauchte, um in der Nähe ihres Vaters zu sein.

Sie hielt die Tür der Limousine auf, als Dentons Großvater lächelnd aus dem Haus kam. „Guten Morgen, junge Dame. Du siehst heute Morgen wieder außerordentlich hübsch aus."

„Danke, Sir. Ich wünsche Ihnen ebenfalls einen guten Morgen."

Er hielt inne, bevor er auf der Rückbank Platz nahm. „Wie ich hörte, soll das Konzert neulich in Tampa recht interessant gewesen sein."

DIE ZWEITE CHANCE DES MILLIARDENSCHWEREN COWBOYS

Sie fragte sich, wie viel er wohl über diesen Abend wissen mochte. Wenn er die Artikel in den Klatschmagazinen gelesen hatte, dann verfügte er über eine bemerkenswerte Ansammlung falscher Informationen. „Könnte man sagen. Aber man sollte nicht alles glauben, was irgendwo geschrieben steht."

Er lächelte und seine Augen funkelten auf eine Art und Weise, die sie nie zuvor bemerkt hatte. „Ich hoffe, dass einiges davon wahr ist. Ich bin ein alter Mann und habe Hoffnungen und Träume in Bezug auf meine Enkelkinder."

Sie hielt ihre Zunge im Zaum und sagte nicht, dass sie fand, dass es falsch sei, sie zu etwas zu zwingen, das sie selbst nicht wollten. „Ich bin mir sicher, Denton weiß, dass Sie es gut meinen, genauso wie ich selbst–", fügte sie noch hinzu, auch wenn es ihr schwerfiel. „Aber ich falle nicht auf Ihre Possen herein. Ich danke Ihnen für den Job, aber ich bin nur deswegen hier, um mich um meinen Vater zu kümmern. Ich werde keine weiteren Ausflüge mit Denton unternehmen."

„Wie du meinst. Aber ich hoffe, du denkst noch einmal darüber nach. Denton ist ein Mann, der von ganzem Herzen liebt und der seit dem Tod seiner Eltern ein Loch im Herzen mit sich herumträgt. Du warst damals noch zu jung und sein Herz musste mit all dem Schmerz umgehen und dann war er irgendwann zu sehr damit beschäftigt, ein junger Mann zu sein, der sich auf die Mission begeben hatte, dieses Loch mit Musik zu füllen. Aber er sehnt sich danach, zur Ruhe zu kommen, auch wenn ich befürchte, dass er das niemals tun wird. Ich habe darüber nachgedacht und mich oft gefragt, was geschehen wäre, wenn ihr zwei euch unter anderen Umständen kennengelernt hättet…“

Ihr Herz zog sich bei seinen Worten zusammen. Alles, was er über Denton gesagt hatte, entsprach der Wahrheit. Sie hatte seinen Schmerz beobachtet, als seine Eltern gestorben waren. Hatte verfolgt, wie er sich dem Land und dann seiner Musik hingab. Sie stieß einen langsamen Atemzug aus. „Mr. McCoy, dies ist nicht die richtige Art, ihm zu helfen. Ihn mit Ihren Forderungen in eine Ecke zu zwingen… und zu versuchen, uns auf eine Art und Weise zu manipulieren, die Ihnen entgegenkommt – das ist falsch. Er und ich wollen beide nicht, was sie vor Augen haben. Er hat sich nie für mich interessiert…"

„Nein, das stimmt nicht. Ich habe im Internet Aufnahmen davon gesehen, wie er dieses Lied für dich gesungen hat."

„Bei jedem Konzert singt er dieses Lied für jemanden in der Menge." Je länger sie darüber nachgedacht hatte, desto stärker war ihre Überzeugung geworden, dass es genauso war. Sie hatte einfach mehr in diese Geste hineininterpretiert als sie hätte tun sollen und außerdem zugelassen, dass ihr ihre Gefühle deutlich sichtbar ins Gesicht geschrieben gewesen waren, als diese verfluchte Kamera auf sie gerichtet war, sodass es jeder hatte sehen können.

Talbert lächelte sanft. „Meine Liebe, es steckt mehr dahinter als nur das. Du musst dem nur etwas Zeit geben. Ich wurde mit einer sehr guten Intuition geboren und in Bezug auf euch beide hatte ich schon immer so eine gewisse Ahnung. Außerdem, denk doch mal daran, dass du ihm helfen könntest, sein Erbe nicht zu verlieren. Alles was ihr zwei tun müsstet, wäre für drei Monate verheiratet zu sein. Wenn nichts dabei herauskommt, dann könntest du einfach dein Leben weiterführen. Nur das du auch noch einen großen Bonus hättest, um deine eigenen Träume zu verwirklichen. Denk mal darüber nach."

Blaze biss sich fest auf die Zunge, um ihm nicht zu wiedersprechen, als er in die Limousine stieg. Sie schloss die Tür. Ihren Mund zu halten war sehr, sehr schwer.

Wie unverfroren dieser Mann glaubte, dass er sie kaufen konnte. Diese Seite von Dentons Großvater hatte sie bisher nie zu Gesicht bekommen. Sie war schockiert.

Auf der einstündigen Fahrt nach San Antonio fiel es ihr schwer, sich zu konzentrieren und genauso war es auch später, als sie in der Limousine saß und versuchte, ein Buch zu lesen, während sie darauf wartete, dass er aus seinem Meeting kam. *Wie hart würde es Denton treffen, wenn er das Land verlor, das er liebte?*

Könnte sie anbieten, ihm zu helfen?

KAPITEL ZEHN

Denton war seit zwei Tagen wieder zu Hause und verbrachte jede freie Minute bei den Rindern und damit, Blaze aus dem Weg zu gehen. Der Monat März war in Texas oft stürmisch und an diesem Tag blies der Wind besonders heftig. Er zog die Schultern hoch, während er mit dem Vorarbeiter der Ranch über die Pläne für den jährlichen Ochsenverkauf sprach. In den kommenden zwei Wochen würde er kein Konzert geben, da er am Wochenende der großen Auktion daheim sein musste. Bei dieser Veranstaltung handelte es sich um eines der bedeutendsten Ereignisse des Jahres, und Viehkäufer kamen von überall her zu ihnen. Ihm dämmerte, dass diese Auktion, an deren Planung und Umsetzung er maßgeblich beteiligt war, nicht mehr in seinen Zuständigkeitsbereich fallen würde, wenn er nicht länger mit der Ranch zu tun hätte.

Er verdrängte diesen Gedanken und gab seinem Vorarbeiter eine Liste der Rinder zurück, die er durchgesehen hatte. „Die sieht gut aus. Ich bin in der Nähe, falls du irgendetwas brauchen solltest. Kümmere dich darum, dass die komplette Verkaufsscheune gründlich gereinigt wird. Ich habe mit den Leuten vom Blumenladen vereinbart, dass sie herkommen und die Blumenbeete auf dem gesamten Grundstück und am Eingang des überdachten Bereichs auf Vordermann bringen. Essen ist bestellt, die Mitarbeiter vom Catering kommen am Abend vorher und bauen dann die Tische auf."

„In Ordnung."

Er drehte sich um und wollte gerade gehen, als er die Limousine neben dem Haus vorfahren sah. Sein Großvater war wieder hier und Blaze saß am Steuer. Er fragte sich, welcher Art die Gespräche zwischen den beiden gewesen waren.

Sie war ihm ständig durch den Kopf gegeistert und

er hatte ein Gespräch lange genug vor sich hergeschoben. Er beobachtete, wie sie das Auto in die Garage fuhr, nachdem sein Großvater ins Haus gegangen war. Entschlossenen Schrittes ging er auf die Garage zu. Sie verließ das Gebäude gerade, als er nur noch ein paar Meter entfernt war. Sie blieb stehen, als er näherkam.

„Hallo." Er verlangsamte seinen Gang, kurz bevor er bei ihr eintraf. „Wie geht es dir?"

Sie verschränkte die Arme vor der Brust. „Gut. Und dir? Ich habe gehört, dass du für ein paar Wochen auf der Ranch bleiben wirst."

„Ja, die große Auktion steht an und das will ich mir nicht entgehen lassen. Du solltest kommen – es gibt viel gutes Essen und Tanz."

„Ich denke nicht."

Sie war angespannt und das störte ihn. Er konnte das genauso gut gleich auf der Stelle hinter sich bringen. „Würdest du mit mir spazieren gehen?"

Im ersten Moment nahm er an, dass sie Nein sagen würde, doch dann nickte sie und wandte sich um. Sie entfernte sich von den Hauptgebäuden und ging auf einen Pfad zu, der zwischen zwei Weiden hindurchführte. Er hatte hin und wieder gesehen, dass sie diesen Weg nutzte, wenn sie mit ihrem Vater spazieren ging. Als er zurücksah, entdeckte er ihren Vater, der auf der Veranda der Wohnung über dem Stall auf einem Stuhl saß. Er hob grüßend die Hand und Denton tat dasselbe. Er spürte eine beachtliche Verantwortung auf sich lasten, das Ganze richtig anzugehen.

„Sieh mal, ich habe über alles nachgedacht und hoffe, dass du nicht immer noch wütend auf mich bist. Es tut mir leid, dass ich dich ins Rampenlicht gezogen habe."

„Das habe ich verstanden."

Sie waren vom Stall aus nicht mehr zu sehen und er blieb stehen. „Die Sache ist die, ich bekomme dich nicht aus dem Kopf. Ich habe den Tag auf dem Boot sehr genossen und denke immer wieder daran. Tust du das auch?"

Sie biss sich auf die Lippe, was seine Aufmerksamkeit erregte. „Ab und zu. Aber das ist keine gute Idee. Das habe ich dir gesagt."

Er wusste, dass es keine gute Idee war. Doch das reichte nicht aus, um ihn davon abzubringen. „Wir haben bereits festgestellt, dass es keine gute Idee ist. Das heißt aber nicht, dass ich aufgehört habe, an dich zu denken. Ich weiß, dass du nichts mit mir zu tun haben willst und das werfe ich dir auch nicht vor. Aber so sehr ich auch dagegen bin, mich den Plänen meines Großvaters zu beugen, so wenig weiß ich doch, ob ich es fertigbringen würde, dem allen hier den Rücken zu kehren und von diesem Land zu verschwinden. Mein Großvater kennt mich. Er weiß, dass mein Herz daran hängt. Ash hat mit mir gesprochen und mich gedrängt, den Deal meines Großvaters nicht vorschnell sausen zu lassen. Es in Betracht zu ziehen. Also tue ich das."

Mit großen Augen blickte sie ihn an. „Wirklich? Ich glaube, ich bin überrascht, aber ich weiß, wie sehr du diesen Ort liebst und kann es verstehen. Ich bin auch gern hier. Du denkst also, dass du jemanden heiraten wirst?"

„Ich denke, das werde ich."

Überwältigt trat sie einen Schritt zurück. „Wow."

„Was bedeutet das?"

„Es bedeutet, nun, ich denke, ich habe mir dich nie als verheirateten Mann vorgestellt.“

„Wirklich? Warum nicht?“

Sie sah aus, als ob sie alles andere lieber getan hätte, als diese Frage zu beantworten.

„Ganz im Ernst, warum?“

„Okay, ich habe mir immer vorgestellt, dass du mich heiraten würdest. Ich möchte so nicht denken, aber genauso habe ich es in meinem Kopf immer vor mir gesehen.“

Sein Magen zog sich zusammen. „Du könntest mich heiraten. Wir würden mein Vermächtnis retten und meine Ranch, und du würdest eine großzügige Entlohnung erhalten.“

„Das ist keine gute Idee.“

„Es ist die einzige Idee, die ich habe. Warte, vergiss, dass ich gefragt habe. Ich werde eine Anzeige schalten oder so etwas.“

„Eine Anzeige?“

„Ja, du weißt schon, eine Anzeige für ein geschäftliches Arrangement. Aber um ehrlich zu sein, glaube ich, dass die Boulevardzeitungen durchdrehen würden, wenn sie davon Wind bekämen, jetzt wo sie mich ohnehin bereits auf ihrem Radar haben. Das wäre ein weiterer Grund, es nicht zu tun. Aber ich habe festgestellt, dass ich es einfach nicht kann. Ich kann nicht kampflos aufgeben."

„Sie können kaum noch verrückter werden, als sie es bereits sind. Es sollte nicht erlaubt sein, dich so zu verfolgen und dir aufzulauern, so wie sie es tun."

Er grinste. „Es regt dich auf."

„Ja, natürlich tut es das. Es ist, als würden sie über dein Leben bestimmen. Und das macht mich wütend. Es geht sie nichts an. Wenn du für einen Tag, ein Jahr oder fünfundsechzig Jahre heiraten möchtest, dann solltest du das tun können. Mir hat es nicht gefallen, derartig verfolgt zu werden. Ich kann mir gar nicht vorstellen, wie es sein muss, wenn sie immer in der Nähe sind."

„Ich ignoriere sie meist. Sie gehören eben dazu. Hier auf der Ranch habe ich meine Ruhe. Und das ist das Problem – ich besitze ein Haus, das ich liebe, auf Land, das ich liebe. Großvater hat mich in der Hand. Ash hat recht – ich sollte nicht zulassen, dass ich das alles aufgrund meiner Starrköpfigkeit verliere. Es sind nur drei Monate. Und ich habe über Großvater und alles nachgedacht, was er für mich getan hat. Er war immer für mich da, seit meine Eltern gestorben sind. Dass er diese gewaltigen Anstrengungen unternimmt um Urenkel zu bekommen und mich dazu drängt, das Glück zu finden, das ich seiner Meinung nach verpasse, zeigt doch recht deutlich, dass ich ihm sehr am Herzen liege."

Sie verspürte einen Anflug von Schuldgefühlen. Mr. McCoy war immer für sie da gewesen. Er zahlte ihrem Vater einen guten Lohn und hatte ihm gewisse Freiräume zugestanden, die dieser gebraucht hatte, um ein Kind alleine großzuziehen. Und dann die Wohnung hier auf der Ranch. All die bezahlten Krankheitstage, um sich von dem Herzinfarkt zu erholen. „Du hast recht. Er war auch für uns immer da. Heute Morgen war er aufrichtig zu mir und hat gesagt, dass er immer geglaubt habe, dass wir beide eine zweite Chance verdienen. Aber das macht mir Angst."

„Ich will dich nicht verletzen. Wir haben gesagt, dass wir versuchen würden, Freunde zu sein. Das alles ist zu viel."

Sie seufzte. „Freunde helfen Freunden. Denton, ich kann mir dich an keinem anderen Ort vorstellen. Warum sprichst du nicht einfach mit ihm? Vielleicht lenkt er ein."

Er nahm seinen Hut vom Kopf und schlug ihn gegen seinen Oberschenkel. „Das wird er nicht. Er ist genau wie mein Onkel J.D., wenn er sich etwas in den Kopf gesetzt hat. Er hat einen Entschluss gefasst und wird nicht davon abweichen. Und dann schau dir seine Erfolgsbilanz an. Es hat bei allen funktioniert. Erst meine drei Cousins und jetzt Ash. Es scheint das perfekte Drehbuch zu sein. Es fällt mir schwer zu glauben, dass er die ganze Zeit über an uns beide gedacht hat."

„Ich habe immer an uns beide gedacht, aber jetzt erschreckt es mich."

Er wollte sie in seine Arme ziehen und ihr sagen, dass sie sich keine Sorgen zu machen brauchte, aber das konnte er nicht. Sie mussten diese Sache beide mit klarem Kopf angehen. Es gab keine Garantie, dass sich alles finden würde. Er hatte gerade erst begonnen, an sie als die Frau zu denken, die sie heute war und nicht als das Kind, das sie einmal gewesen war.

„Aber was wäre, wenn uns etwas entgeht, das vorherbestimmt war, nur weil wir Angst haben?"

Ihre großen, blauen Augen weiteten sich.

„Oder eben nicht. Du könntest anschließend gehen und hättest genug Geld, um deine Träume zu verwirklichen… wie auch immer die aussehen mögen. Was willst du im Leben erreichen?"

„Was meinst du?"

„Ich kann mir nicht vorstellen, dass du für den Rest deiner Tage hinterm Steuer einer Limousine sitzen möchtest. Wovon träumst du?"

„Ich träume davon, meinen Platz in der Welt zu finden. Ich habe das Gefühl, als käme ich nicht vom Fleck. Ich habe gemodelt, weil ich dachte, dass dies ein guter Weg wäre, um von dir wegzukommen. Ich hatte einen Traum, einen lächerlichen Traum."

„Was für einen Traum?" Er lehnte sich gegen den Zaun und stellte einen Stiefel auf die unterste Sprosse. Er verschränkte die Arme und wartete.

„Ich war jung und dumm und du hattest mich schrecklich verletzt. Das wolltest du nicht, aber du hast es getan und ich dachte, dass, wenn ich weggehen und ein Topmodel werden würde, du vielleicht mit mir ausgehen wollen würdest. Dass du vielleicht mehr in mir sehen würdest als ein dürres Kind."

Ihm stand der Mund offen. „Du bist nach Kalifornien gegangen, um Model zu werden und mich eifersüchtig zu machen?"

„Hey, schau nicht so schockiert. Aber ja. Wie konnte ich nur so dumm sein?"

„Ich denke, das ist das Schrecklichste, das ich… zum Teufel, wenn ich das gewusst hätte, dann hätte ich dich aufgehalten. Ich meine, wir alle dachten, dass es das war, was du wirklich wolltest. Du bist hübscher als all die anderen und dünn. Du hast das Zeug zum Model. Aber es ist hart dort draußen."

„Das brauchst du mir nicht zu sagen. Zum Schluss musste ich einem ein Knie dorthin rammen, wo es wehtut und die Beine in die Hand nehmen, um aus seinem Hotelzimmer herauszukommen."

Wut, die ihn wie ein brausender Tornado durchfuhr, ließ ihn sich aufrichten. *„Was hat er versucht?"*

Sie wurde aschfahl. „Denton, ich hatte nicht vor,

das zu sagen. Du darfst es keinem sagen. Mein Vater hat keine Ahnung, was ich genau durchgemacht habe, bevor ich das Handtuch geworfen habe. Und ich kann es gar nicht gebrauchen, dass du ihm das sagst."

Er hatte die Fäuste geballt und wenn er den oder die Kerle, die es ihr schwer gemacht hatten, in die Hände bekommen hätte, dann hätte er dafür gesorgt, dass sie heulten und zurück zu ihren Mamas krochen. Er kämpfte um Ruhe, bevor er sprach. „Bist du unverletzt dort rausgekommen?"

Sie zögerte kurz. „Bin ich."

„Was verschweigst du mir?"

„Ich hatte ein blaues Auge, weil er mich geschlagen hat, bevor es mir gelang, mein Knie einzusetzen."

Denton konnte nicht anders, sofort war er bei ihr und umfasste sanft ihren Kiefer. Er hob ihr Kinn und studierte ihre schönen Augen. Natürlich fand er nach all der Zeit keine Blutergüsse mehr, aber er hatte sich einfach vergewissern müssen. „Alles okay?", fragte er mit rauer Stimme. Es brachte ihn fast um, als er den feuchten Glanz in ihren Augen bemerkte. „Weine nicht, du bist so tapfer."

Sie blinzelte rasch. „Tue ich nicht. Ich habe etwas in den Augen." Sie schniefte. „Das habe ich noch nie jemandem erzählt."

„Du hast nie darüber gesprochen." Seine Augen brannten und er blinzelte heftig. Der Gedanke daran, dass jemand Blaze verletzte, brachte ihn um den Verstand.

„Es geht mir gut. Wirklich. Ich bin nur ein bisschen emotional geworden, weil ich zum ersten Mal darüber gesprochen habe, denke ich. Wie auch immer, es ist vorbei. Ich habe schnell eingesehen, dass das nicht die Art und Weise ist, wie ich mein Leben verbringen will. Abgesehen davon bin ich recht schüchtern und würde einige der Kleider, die ich tragen sollte, nicht anziehen. Es war also naheliegend, dass ich nicht zum Modeln geeignet bin."

Er bemerkte, dass er immer noch ihr Kinn umfasst hielt. Er löste seinen Griff und ließ seine Hand auf ihre Schulter sinken. Er drückte sie leicht. Das Material ihres schwarzen Anzugs erregte seine Aufmerksamkeit und er ließ seinen Blick über sie gleiten. Plötzlich wurde ihm etwas klar. Sie trug einen unförmigen schwarzen Anzug und versteckte sich hinter dem Steuer einer Limousine. „Heirate mich.“

Sie trat einen Schritt zurück. „Du willst mich nicht heiraten. Da draußen gibt es unzählige Frauen, die dich verehren und die Chance ergreifen würden, für einen Tag deine Frau zu sein, von drei Monaten ganz zu schweigen. Ich bin nicht die Richtige dafür und ich brauche deinen Schutz nicht.“

Er drehte sich ungestüm der Weide zu und kämpfte gegen die in ihm aufsteigende Frustration. Er wandte sich wieder ihr zu. „Nenn mir deinen Preis. Wieviel möchtest du? Wie du gesagt hast, es sind nur drei Monate – denk an das Ende und was du bekommen würdest. Du wirst genug Geld haben, um deine Träume zu verwirklichen.“

Was tat er nur? Er war verrückt. Doch jetzt, wo er erst einmal damit begonnen hatte, konnte er nicht mehr aufhören.

„Du verlangst wirklich viel von mir.“

„Ich weiß.“ Früher war er von diesem wunderschönen Lebewesen verfolgt worden und er hatte sie verletzt, ohne das er das bemerkt hatte und dafür gesorgt, dass sie einen Weg einschlug, der zu noch mehr Ungemach geführt hatte. Schuldgefühle übermannten ihn. Er wollte es wieder gut machen. Wollte alles richtig machen. Und während er sie ansah, verspürte er mit einem Mal, was sie vor so langer Zeit für ihn empfunden haben mochte: eine Besessenheit, ein Bedürfnis, in ihrer Nähe zu sein. Um sicherzugehen, dass es ihr gut ging.

* * *

Blaze spürte mit jeder Faser ihres Körpers, das es am besten wäre, sich umzudrehen und soweit wegzulaufen wie sie konnte. Aber sie spürte immer noch, wie Hitze ihre Haut versengte, obwohl er sie nicht länger berührte. Die Sehnsucht danach, dass sich seine Arme um sie legen mochten, war so groß, dass sie dagegen ankämpfen musste, sich ihm an die Brust zu werfen. Das alles zusammengenommen war Grund genug, sich umzudrehen und wegzulaufen.

Doch das konnte sie nicht. Sie ging zum Zaun und starrte auf die Longhorns. Sie waren es zufrieden, jeden Tag ihres Lebens herumzustehen und Gras zu fressen. Doch sie wusste, dass sie selbst rastlos war und nicht den ganzen Tag damit verbringen wollte, Klienten zu Besprechungen und zurück zu kutschieren und zwischendurch herumzusitzen. Denton bot ihr eine Möglichkeit, herauszufinden, was sie selbst wollte. Sie könnte genug Geld verdienen, um ihr eigenes Unternehmen zu gründen. Die Frage war nur, was für ein Unternehmen?

Schon immer hatte sie nur eine einzige Sache machen wollen… „Lass mich darüber nachdenken." Sie erhob eine Hand, als er zu sprechen begann. „Ich werde *lediglich* darüber nachdenken. Ich gebe dir am Ende der Woche eine Antwort."

Er lächelte verwundert und ungläubig. „Und du denkst wirklich darüber nach?"

„Ich habe doch gesagt, dass ich das tun werde. Aber wenn ich einwillige, dann gibt es keine halbseidenen Sachen, wie meine Großmutter zu sagen pflegte. Ich möchte mich nicht erneut ausnutzen lassen. Ich werde dich ausnutzen. Ich habe mein ganzes Geld für die dumme Idee verwendet, Model zu werden.

Dein Großvater bezahlt mich gut dafür, dass ich ihn herumfahre und in der Zwischenzeit Däumchen drehe. Aber um ehrlich zu sein, es reicht nicht aus, um die Träume zu verwirklichen, die ich angeblich haben sollte. Und ich langweile mich zu Tode. Ich bin nicht dafür geschaffen, den ganzen Tag herumzusitzen und beginne, selbstgefällig zu werden. Mein Vater liebt es, aber ich bin nicht so zurückhaltend wie er."

„Ach was. Ich wusste, dass es nicht zu dir passt. Du könntest vielleicht NASCAR-Rennen fahren, aber keine Limousinen. Ich muss mich weiter um den Verkauf kümmern. Sag mir bis dahin Bescheid. Denn dann werden bereits anderthalb Monate der Frist verstrichen sein, was bedeutet, dass mir nur noch weitere anderthalb Monate Zeit bleiben, um eine andere Frau davon zu überzeugen, sich mit mir zusammen zu tun."

Eifersucht erfüllte sie, als sie daran dachte, dass eine andere den Platz der Frau an seiner Seite einnehmen könnte.

„Klar, ich sage dir Bescheid. Ich glaube, du könntest in deiner verzückten Fangemeinde etliche

Frauen finden, die das tun würden. Wahrscheinlich würden es einige sogar umsonst machen."

„Wohl kaum. Aber wo du gerade von Geld sprichst, sag mir, wieviel Geld möchtest du?"

Ihre Brauen zogen sich so eng zusammen, dass sie Kopfschmerzen bekam. „Ich werde dir keinen Preis nennen."

„Ich habe es doch gesagt. Nenn mir deinen Preis und ich werde ihn zahlen."

„Bah. Hast du eine Ahnung, wie billig ich mich dabei fühle? Genau so etwas mag ich nicht. Ich fühle mich benutzt. Und das will ich nicht."

„Aber – wenn du nichts sagst, können wir keine Einigung erzielen. Wie auch immer, ich versuche, es so zu sehen, dass wir uns einig sind, einander zu benutzen. Wie klingt das?"

„Es klingt falsch. Aber ich werde dich in Kürze wissen lassen, wie genau ich dich zu benutzen gedenke."

„Ich kann es kaum abwarten zu hören, was du vorhast."

Sie lachte. „Oh, ich wette, dass kannst du nicht. Ich gehe jetzt zurück."

DIE ZWEITE CHANCE DES MILLIARDENSCHWEREN COWBOYS

Er lehnte sich mit dem Longhorn im Hintergrund gegen den weißen Bretterzaun und nickte. „Ich werde hierbleiben und dem alten Crooked Horn Gesellschaft leisten. Hey, du kommst doch zum Verkauf, oder?"

„Ich weiß noch nicht genau."

„Du solltest kommen. Es wird getanzt, kein Reporter wird dort sein und ich werde nicht singen, es wird also alles gut sein."

„Das klingt vielversprechend." Sie kicherte und ging zurück nach Hause. Sie freute sich darauf, den schwarzen Anzug auszuziehen, in Jeans und ein weites, lässiges Shirt zu schlüpfen und einen Becher Eis aus dem Gefrierschrank zu holen und sich auszuruhen. Ihr Vater hatte sicher eine Menge Fragen und sie hatte nicht die geringste Ahnung, was sie ihm erzählen sollte.

* * *

„Hey, Schatz", rief ihr Vater aus der Küche, als sie die Wohnung betrat. „Was sagst du zu einem Schälchen Eis auf der Veranda?" Er lächelte sie über seine

Schulter hinweg an. Er war bereits dabei, Eiscreme in zwei Schalen zu füllen – er liebte süße Leckereien, hatte seine abendlichen Rationen aber zurückgeschraubt, wie er ihr versichert hatte. Sein Gewichtsverlust verriet ihr, dass er die Wahrheit sagte.

„Du kannst Gedanken lesen. Ich komme nach draußen, sobald ich mir etwas Bequemes angezogen habe." Sie schloss die Tür ihres Zimmers und dachte, dass ihr Vater glücklich geklungen hatte. Vielleicht sogar hoffnungsvoll. Sie vermutete, dass er sich mit Dentons Großvater unterhalten hatte.

Ein paar Minuten später lief sie barfuß auf die kleine Terrasse mit den zwei bequemen Stühlen und einem kleinen Tisch. Sie machte es sich mit untergezogenen Beinen auf einem der Stühle gemütlich und griff nach der Rocky Road Eiscreme. Nichts war besser geeignet als Marshmallows und Schokolade, um einem Mädchen dabei zu helfen, dessen stürmische Gedanken zur Ruhe zu bringen.

„Du hast genau gewusst, was ich brauche." Sie deutete auf einen weiteren Löffel Eiscreme und zwinkerte ihm zu.

Ihr Vater grinste. „Als ich dich und Denton weggehen sah, hatte ich so ein Gefühl, dass du es vielleicht brauchen könntest. Als du noch klein warst, haben wir viele vertrauliche Gespräche über Eisschalen geführt."

„Ja, das haben wir. Du warst immer für mich da, Dad."

„Und das werde ich auch immer sein, nun ja, beziehungsweise so lange der gute Herr es mir gestattet, aber ich versuche, soweit mir das möglich ist, bessere Entscheidungen zu treffen, um ihm dabei zu helfen."

„Danke, dass du deine Gesundheit ernst nimmst, Dad. Das bedeutet mir viel."

Er schenkte ihr ein freundliches Lächeln. Ihr Vater war ein herzensguter Mann, eine Eigenschaft, die sie an Männern schätzte, da sie sie immer an ihrem eigenen Vater bewundert hatte.

„Da wir das nun geklärt haben, wie stehen die Dinge zwischen dir und Denton? Ich habe versucht, mich nicht einzumischen, aber du warst still, seit du aus Tampa zurückgekommen bist. Zu still."

Sie genoss die schokoladige Perfektion eines weiteren Löffels Eiscreme. „Was würdest du davon halten, wenn ich Denton heiraten und ihm helfen würde, sein Erbe zu behalten?"

Ihr Vater sah in Anbetracht dieser Frage nicht im mindesten schockiert aus, was sie nicht überraschte, da sie vermutete, dass er und Mr. McCoy über das Thema gesprochen hatten.

„Ich denke, als Vater wäre es nachlässig, nicht zu sagen, dass du in Herzensdingen vorsichtig sein solltest. Aber ich weiß auch, wie verrückt du schon immer nach ihm warst und ihm zu helfen, könnte der Schlüssel dazu sein, eine zweite Chance zu bekommen."

Sie kaute langsam auf einem kleinen Marshmallow herum. Ihr Herz sagte ihr, dass dies ihre zweite Chance war, aber ihr Kopf sagte ihr, sie solle nicht töricht sein. „Das könnte sein, aber ich habe Angst." Sie gab nicht oft zu, Angst zu haben.

Ihr Vater streckte die Hand aus und berührte sie. „Wenn du dich aus Angst zurückhältst, dann bereust du es vielleicht eines Tages. Ich habe deine Mutter von ganzem Herzen geliebt. Wusstest du, dass ich der Frau sechs Monate nachgestellt habe, bevor sie zugestimmt hat, mit mir auszugehen? Ich habe ihr Nein nicht akzeptiert und sie schließlich zermürbt. Als ich sie fragte, warum sie mich nicht eher erhört hatte, da sagte sie, dass ihr nicht klar gewesen wäre, wie glücklich ich sie machen würde." Er strahlte. „Kannst du dir das vorstellen? In meinen Augen war deine Mutter die netteste und schönste Frau der Welt und obwohl uns nicht viel gemeinsame Zeit vergönnt war, hat sie mich zum glücklichsten Mann auf Erden gemacht."

Ihr Herz zog sich zusammen. Sie sehnte sich schon immer nach einer Liebe, die so war, wie die in den Schilderungen ihres Vaters, wenn er von der Liebe zwischen ihm und ihrer Mutter erzählte. „Ich wünschte, ich hätte sie gekannt." Aus tief empfundener Sehnsucht traten ihr Tränen in die Augen. Mit einem Mal fühlte sie sich emotionaler als gewöhnlich.

„Ich auch. Aber das hat nicht sein sollen. Liebling, ich möchte, dass du weißt, dass ich mir wünsche, dass du dieselbe Art Liebe findest, die ich für deine Mutter empfunden habe und nun die Hoffnung hege, dass deine und Dentons Zeit gekommen ist. Vielleicht ist ihm einfach noch nicht klar, wie glücklich du ihn machen würdest. Und es liegt an dir, ihm das zu zeigen."

Sie knabberte an ihrer Lippe herum, während die Augen ihres Vaters herausfordernd blitzten. „Dad, weißt du von Mr. McCoys Plan, seine Enkelkinder zum Heiraten zu bringen?"

„Mich interessierst nur du und die Gedanken, die Talbert in Bezug auf dich und Denton hat. Hat Denton dir gegenüber erwähnt, dass die Uhr bereits läuft? Talbert hat mir Anfang der Woche erzählt, dass bereits alles im Gange ist."

„Das Ganze ist unfassbar." Sie erhob sich und stellte die leere Schale auf den Tisch, ihr war gar nicht bewusst gewesen, dass sie das ganze Eis vertilgt hatte. „Er hat es mir gesagt, Dad. In meinen Augen ist das alles schrecklich falsch. Aber ich kann nicht mitansehen, wie er sein Erbe verliert, das, was er eines Tages seinen eigenen Kindern hinterlassen wird, wenn ich ihm doch helfen könnte, es zu behalten."

Ihr Vater stand grinsend auf. „Du heiratest ihn also?"

Mit hämmerndem Herzen nickte sie.

Sie sah die Hoffnung in den Augen ihres Vaters und spürte Besorgnis in sich aufsteigen. Setzte er zu viele Hoffnungen in dieses verrückte Arrangement? Denn etwas anderes war es nicht und sie täte gut daran, sich das stets vor Augen zu halten. Sie umarmte ihren Vater.

„Liebling, es mag nicht sehr konventionell sein, aber vielleicht ist das genau der Katalysator, den du brauchst, um dir deinen Herzenswunsch zu erfüllen."

Ihren Herzenswunsch. Dieser Gedanke machte sie noch ängstlicher. Konnte sie das tun? Sie holte tief Luft und ließ sie dann langsam wieder entweichen, während ihre Gedanken umherwirbelten. Ja, sie konnte es. „Ich denke, ich sollte es ihm besser sagen, bevor ich den Schwanz einziehe."

„Klingt für mich nach einem guten Plan."

Sie war sich nicht im Mindesten sicher, ob es ein guter Plan war oder nicht. Doch sie wusste, dass es sich nicht richtig anfühlen würde, Denton nicht zu helfen und diese verrückte Sache durchzuziehen. Und in Bezug auf ihren Herzenswunsch würde sie es wahrscheinlich für den Rest ihres Lebens bereuen.

KAPITEL ELF

Die Sonne begann hinter den Ställen unterzugehen und Denton war gerade dabei, eine der Stuten zu striegeln. Nicht, dass diese das nötig gehabt hätte, aber das war eines der Dinge, die er tat, wenn er nachdenken musste. Entweder das oder er streifte reitend über das Land, aber an diesem Abend hatte er noch ein wenig länger in Blaze' Nähe bleiben wollen. Er wusste nicht genau, warum, schließlich hatte sie gesagt, dass sie ihm erst am Ende der Woche eine Antwort geben würde. Er vernahm das Wiehern eines Pferdes und als er sich umdrehte, sah er, dass Blaze im Eingang des Stalles stand. Die hinter ihr untergehende Sonne rahmte ihren Körper schimmernd ein wie ein goldener Heiligenschein. In der Luft liegender Staub verdichtete sich im Licht der

Sonnenstrahlen zu Streifen. Um diese Tageszeit hatte das Innere des Stalles etwas beinahe Magisches.

Das fiel ihm auf, während sie auf ihn zukam. Sein Herz schlug schneller, als sie ihn erreichend langsamer wurde.

„Ich dachte mir schon, dass ich dich hier finde. Andernfalls wäre ich zu deinem Haus gegangen."

„Was ist so wichtig? Hast du beschlossen, doch nicht über das nachzudenken, worüber wir gesprochen haben?" Sie sah rötlich aus im sie umgehenden sanften Abendlicht und er sehnte sich danach, der Wölbung ihrer Lippen mit den seinen zu folgen. Er schob diesen Gedanken beiseite und bemühte sich um mentale Distanz.

„Nein, ich bin hergekommen – bevor ich den Schwanz einziehe – um dir zu sagen, dass ich es tun werde. Ich werde dich heiraten. Drei Monate und dann bin ich frei."

Sein Gehirn erfasste nicht sofort, was sie gesagt hatte. Doch dann reagierte er. „Bist du dir sicher?" Seine Gedanken wirbelten. Seine Knie fühlten sich wackelig an. *Taten sie das Richtige?*

„Ich bin sicher, aber... ich weiß nicht, wie du

darüber denkst, aber ich würde mich wie ein totaler Heuchler fühlen, wenn wir in Anwesenheit aller heiraten würden. Ich… ich glaube, wir sollten uns diese Ehre für unsere echten Hochzeiten aufheben.“

„Klar, was immer du willst. Ich verstehe, was du meinst.“ Es versetzte ihm einen Stich, dass sie diese Ehe mit dem Etikett *Ohne Zukunft* versah. Er hatte eine Idee. Er warf einen Blick auf seine Rolex, um zu schauen, wie spät es war. „Was hältst du von einem Ausflug nach Vegas? Ich kann uns ein Flugzeug organisieren, wir wären um zehn da und um halb elf verheiratet, wenn du willst.“

Ihr Gesicht verzog sich zu einem Lachen. „Das klingt schrecklich. Aber perfekt. Machen wir das.“

Er zog sein Handy hervor und wählte Becks Nummer. Sein Bruder nahm beim ersten Klingeln ab.

„Denton, was ist los? Bereitet Großvater dir Sorgen?“

„Es ist, wie es ist. Hör mal, wie schnell könntest du ein Flugzeug herschicken? Ich muss nach Vegas.“

Volle zehn Sekunden herrschte Schweigen am anderen Ende der Leitung. „Du machst es wirklich, oder?“

„Ja. Was ist nun mit einem Flugzeug?“

„Du hast Glück. Ich bin gerade in Austin gelandet, habe einen Ölmagnaten zu einem Meeting nach Midland gebracht. Ich kann in zwanzig Minuten bei euch sein, wenn du möchtest, dass ich so schnell komme.“

„Perfekt. Wir erwarten dich.“ Nachdem er aufgelegt hatte, lächelte er. „Bist du bereit?“

Sie blinzelte ungläubig. „Ich muss packen.“

„Nein, lass uns von hier verschwinden. Wenn wir nach Las Vegas kommen, machst du die Einkaufstour deines Lebens. Du tust mir einen großen Gefallen und ich werde dafür sorgen, dass es sich für dich lohnt.“

Zu seiner Überraschung bewegte sie sich nicht. „Das musst du nicht tun. Und ich bin keine große Shopperin.“

Er lachte. „Für die nächsten vierundzwanzig Stunden bist du es. Jetzt aber los. Beck ist schon wieder in der Luft. Unser Gefährt wird in Kürze landen.“

* * *

Der Jet landete auf der privaten Landebahn im

rückwärtigen Teil des McCoy-eigenen Weingutes und flog sie anschließend rasend schnell nach Vegas. Durch das Flugzeugfenster sah Blaze die hellen Lichter des Vegas Strip und Beklommenheit machte sich in ihr breit. Sie tat das wirklich.

Sie mochte die Art und Weise, wie Denton dachte, zumindest teilweise. Sie beide hielten es für heuchlerisch, vor den Augen ihrer Familie Gelübde abzulegen, die sie nicht einzuhalten gedachten. Sie war nach oben gegangen und hatte ihrem Vater rasch gesagt, dass sie für ein paar Tage weg sein würde, dass sie aber in Dentons Gesellschaft sein würde und er sich keine Sorgen machen solle. Sie hatte nicht näher ausgeführt, was sie und Denton vorhatten.

„Bist du bereit?"

Dentons warmer Atem streifte ihr Ohr, als er sich näher zu ihr beugte und über ihre Schulter die Lichter betrachtete. Ein unerwünschter Schauer der Erregung umhüllte sie wie ein wärmendes Bad. Sie konzentrierte sich auf die Umrisse des gewaltigen Riesenrads, die grüne Beleuchtung der Pyramide und all die anderen Lichter, die Besucher in Vegas begrüßten. Dies war ein

Ausflug nach Vegas, bei dem nicht hierbleiben würde, was hier geschähe, denn jeder würde die Wahrheit wissen, wenn sie nach Hause zurückkehrten. Sie würde Mrs. Denton McCoy sein.

Ihr Kindheitstraum, der einzige Traum, den sie jemals gehabt hatte, würde heute Abend oder morgen in Erfüllung gehen.

Sie drehte ihren Kopf und ihre Lippen waren denen von Denton mit einem Mal so nahe, dass eine winzige Bewegung ausgereicht hätte, um ihn zu küssen. Sie bebte vor Sehnsucht, genau das zu tun. „Ich bin bereit. Und du?"

Er bewegte sich nicht. Sie blickten einander an und ihr Atem vermischte sich. Seine Augen funkelten, sie waren ihren so nahe. „Ich auch." Und dann beugte er sich näher und drückte ihr zu ihrer Überraschung einen federleichten Kuss auf die Lippen.

Sie atmete ihn ein, spürte, wie die kaum wahrnehmbare Bewegung ihre Welt ins Wanken brachte, doch dann zog er sich zurück, gerade als die Räder des Flugzeugs aufsetzten…

* * *

Denton hatte ein paar Anrufe getätigt, während sie in der Luft waren. Eine Limousine wartete am Flughafen auf sie und brachte sie über den hell erleuchteten Strip zum Wynn. Er hatte ihnen eine Suite mit zwei Schlafzimmern im obersten Stockwerk des Hotels gebucht. Er kam nicht oft nach Las Vegas, nur ab und zu aus geschäftlichen Gründen. Er war hier nie shoppen gewesen, doch er wusste, dass man in den teuren Läden der Glücksspielstadt alles kaufen konnte, was das Herz begehrte.

Man brachte sie unverzüglich zu ihrer Suite und er lächelte, als Blaze die eleganten Räume betrat.

„Oh mein Gott", keuchte sie und betrachtete die luxuriöse Einrichtung. „Das ist unglaublich."

„Es ist nett. Ich dachte mir, dass es dir gefallen würde. Wollen wir etwas essen und dann einkaufen? Anschließend gehen wir zur Kapelle. Möchtest du von Elvis getraut werden?" Es fühlte sich unpassend an, die Hochzeit nicht ernst zu nehmen, aber so war es nun einmal und Elvis würde genau ins Bild passen.

„Ja, bitte. Wenn wir das schon tun, dann machen wir es richtig. Elvis muss einbezogen werden."

„Gut, ich sorge dafür."

„Du bist gut darin, Dinge zu organisieren." Sie wandte sich von den riesigen Fenstern ab, durch die sie auf die Lichter von Vegas geschaut hatte. Sie stemmte die Hände in die Hüften, legte den Kopf schief und betrachtete ihn eingehend aus ihren schönen Augen.

Die Erinnerung daran, wie sich ihre weichen Lippen an seinen angefühlt hatten, sandte einen Schauer des Verlangens durch seinen Körper. *Whoa, Cowboy, das wird es nicht geben.* „Ich versuche es. Alles, was du für diesen Abend benötigst, sollte sich in deinem Zimmer befinden, falls du dich frisch machen möchtest. Schließlich habe ich dich in aller Eile aus Stonewall entführt."

„Vielen Dank. Ich würde gern schnell duschen und…" Sie lachte leicht. „Etwas anderes anziehen als das schicke Outfit, das ich im Moment trage."

Er mochte sie in den Jeans und dem weiten Shirt, in dem sie steckte. Sie sah lebhaft und entspannt aus und er stellte sie sich in seinen Armen vor. Er verdrängte diesen Gedanken. „Du siehst wunderschön aus. Aber viel Spaß. Ich weiß nicht genau, was sich dort drinnen befindet, aber ich bin mir sicher, dass der Personal Shopper an alles gedacht hat. Wenn du noch etwas anderes benötigst, kümmern wir uns darum, wenn wir unterwegs sind.“

Sie schüttelte den Kopf, kicherte und schritt durch die offene Tür.

* * *

Sie hatte sich in ein cremefarbenes Kleid mit einem Rüschenrock und einer funkelnden Schärpe verliebt, das von einem Designer war, der gern von Models getragen wurde. Es war kein Hochzeitskleid, aber es war cremefarben und als sie es anzog, fühlte sie sich außerordentlich weiblich und brachte es nicht über sich, es wieder auszuziehen. Der Personal Shopper hatte mehrere Paar Schuhe von verschiedenen Designern ausgewählt, die großartig zu dem Kleid passen würden, ein klassisches Paar Manolo Blahniks und ein Paar mittelhohe Jimmy Choos – beide passten hervorragend zu dem Kleid. Doch sie entschied sich stattdessen für ein lebhaftes Paar Valentino Garavani Espadrilles, die auf Knöchelhöhe mit Perlen verziert und unglaublich bequem waren. Wahrscheinlich kostete jedes dieser Paar Schuhe mehr als tausend Dollar und waren damit nichts, was sie sich selbst kaufen geschweige denn leisten könnte, aber sie wusste, dass Denton das konnte und nicht vorhatte, an diesem Abend bei irgendetwas zu sparen. Also hatte sie das gewählt, was ihr zusagte und nun saß sie bei Kerzenschein in ihrem Traumoutfit mit dem Mann ihrer Träume in der Ecke eines Steakhauses am Strip und dachte an die in Kürze stattfindende Hochzeit.

Am liebsten wäre sie ins Badezimmer gerannt und hätte sich übergaben, so nervös war sie.

„Ich weiß, ich habe dir das schon gesagt, als du vorhin aus deinem Zimmer gekommen bist, aber ich muss es noch einmal sagen. Du siehst wunderschön aus, aber auch ein bisschen verängstigt. Hast du Bedenken? Du musst das nicht tun."

Er sah so gut aus und so ernst. Sie musste das nicht tun und das wusste sie. Er würde sie auf der

Stelle nach Hause bringen, wenn sie ihn darum bitten würde und ihr das nicht vorhalten. „Ich bin hier und wir machen das. Ich bin nur etwas nervös, weil ich Angst habe, dass ich vor der Hochzeit noch Steaksauce auf mein Kleid bekomme."

Denton grinste. „Falls das geschehen sollte, besorgen wir dir ein anderes Kleid. Aber im Ernst–"

Sie legte eine Hand auf seine, eine schlichte Berührung. „Im Ernst, wir machen das. Wir sind nicht hierhergekommen, um nun den Schwanz einzuziehen, Cowboy. Und ich bin genau richtig angezogen, um Elvis zu treffen. Das wirst du mir doch nicht vorenthalten, oder?"

„Blaze, ich würde dir im Moment überhaupt nichts vorenthalten. Sag, was du möchtest und wenn es etwas ist, was ich besorgen kann, dann werde ich das tun. Elvis kann ich organisieren. Aber vorher müssen wir noch ein paar Stopps einlegen."

„Was machen wir denn?"

„Das wirst du schon sehen."

Er stand auf und streckte die Hand aus. Fasziniert und mit dem Gefühl, dass sie sich auf etwas einließ, über das sie die Kontrolle verloren hatte, schob sie ihre Hand in seine und gemeinsam gingen sie Hand in Hand durch das Restaurant. Mehrere Leute hielten ihn auf und beteuerten, wie sehr sie seine Musik liebten. Er dankte ihnen, blieb aber in Bewegung bis sie endlich draußen waren und in der Limousine saßen.

Wenig später hielten sie vor einem dunklen Gebäude. Die Tür wurde von einem großen Mann geöffnet, der verdächtig nach einem Bodyguard aussah. Sie wurde in einen dunklen Raum geführt.

„Was geht hier vor sich?", fragte sie.

Denton beugte sich zu ihr. „Das wirst du gleich sehen. Wir können nicht ohne Ring heiraten."

Plötzlich leuchteten Lichter in verschiedenen Schmuckkästen auf und die Diamanten in ihrem Inneren funkelten wie eine Million Sterne am dunklen Himmel.

Sie schnappte nach Luft. „Warte – das muss nicht sein, Denton. Ein kleiner Goldring reicht aus, bis wir uns wieder trennen–"

„Wir kaufen einen Ring. Und er gehört dir, egal was passiert und du kannst damit machen, was du willst. Denn du heiratest mich und die Medien werden unsere Ehe aufgreifen und deinem Finger besondere Aufmerksamkeit schenken."

Seine Worte trafen sie wie ein Schwall kaltes Wasser – die Medien würden Wind davon bekommen, dass Country-Star Denton McCoy die Frau heiratete, für die er in Tampa so gefühlvoll gesungen hatte. Sie hatte in den vergangenen Stunden gar nicht mehr an die Reporter gedacht. *Das alles war nur Show.*

Ihr Herz sank bis zu den Zehen und schien zu schlagen aufzuhören.

„Hey, komm schon, sieh nicht so betrübt drein. Ich werde nicht zulassen, dass sie dich belästigen. Ich verspreche es. Ich möchte, dass diese Nacht etwas Besonderes ist. Ich weiß, es geht um mein Erbe und es wird einen gewissen Medienrummel geben, aber im Moment ist mir nichts davon wichtig. Dass du dich besonders fühlst, ist mir wichtig, denn ich denke, dass du der außergewöhnlichste Mensch bist, den ich je kennengelernt habe, wegen all dem, was du für mich tust."

Ihr Herz bewegte sich langsam wieder an seinen

angestammten Ort und sie fing wieder zu atmen an.

Ein Ring.

Sie hatte nicht einmal daran gedacht, dass er ihr einen Ring an den Finger stecken würde. Dieser Gedanke machte es real.

Wie oft hatte sie als junger Teenager davon geträumt, dass der hübsche, erstaunliche Denton ihr während ihrer Hochzeit einen Ring an den Finger steckte?

Er war fünfzehn gewesen, als sie zehn war, ein Altersunterschied wie ein ganzes Leben.

Er war zwanzig gewesen, als sie fünfzehn war, immer noch eine unüberbrückbare Entfernung.

Und er war vierundzwanzig gewesen, als sie achtzehn, fast neunzehn Jahre alt gewesen war… der perfekte Altersunterschied und sie war sich sicher gewesen, dass er endlich erkennen würde, dass sie füreinander bestimmt waren. Stattdessen hatte er ihr Herz gebrochen und sie hatte sich daran gemacht, einem Traum hinterherzujagen, der nur dazu gedacht war, ihn für sich zu interessieren, ein Vorhaben, das kläglich gescheitert war.

Und nun war sie zurück… und sie war drauf und dran, den Ring zu bekommen, nach dem sie sich gesehnt hatte und die Hochzeit, die sie bereits aufgegeben hatte, mit dem Mann, vor dem sie ihr Herz schützen musste.

Eine verlorene Schlacht.

Ein eleganter älterer Herr in einem dunklen Anzug erschien. „Guten Abend. Würden Sie mir wohl die Ehre erweisen, Ihnen ein paar Ringe zeigen zu dürfen?" Er lächelte sogar elegant.

„Ja, was immer die Dame will."

Er nickte. „Dürfte ich dann vorschlagen, dass wir mit dieser Vitrine beginnen." Er ging weiter und stellte sich hinter einen der langen Schaukästen.

Blaze stellte sich davor. Ihr Puls raste, als sie die funkelnden, schönen Ringe sah. Ihre Knie wurden schwach und Beklommenheit umhüllte sie wie ein schwerer Umhang. Nachdem sie die Ringe rasch überflogen hatte, fiel ihr Blick auf einen wunderschönen, großen Solitär mit Prinzessschliff, der von Saphiren und kleinen Diamanten umgeben war. Sie wusste instinktiv, dass dies der Schaukasten war, der die exklusivsten Ringe enthielt. Sie ging zur nächsten Vitrine und dann zur übernächsten. Endlich entdeckte sie in einem der Schaukästen eine Reihe von schönen Ringen, die deutlich kleiner waren, aber sicher von gleicher Qualität. Ein Ring, der dem sehr ähnlich war, der ihr im ersten Schaukasten aufgefallen war, gleißte im funkelnden Licht. Sie blickte zur Seite und sah, dass Denton sie beobachtete, ohne einen Blick in den Schaukasten zu werfen.

„Hast du einen entdeckt, der dir gefällt?"

„Dieser dort, der mit den Saphiren."

„Er ist wunderschön, aber es gab da doch diesen anderen in der ersten Vitrine, die du dir angesehen hast, nicht wahr?"

„Er ist… wunderschön, aber viel zu teu… groß. Dieser hier entspricht viel mehr meinem Stil."

Denton suchte den Blick des Juweliers und deutete leicht in Richtung des ersten Schaukastens.

„Nein…" Sie wollte protestieren, doch er zog eine Braue hoch und sie verstummte. Dieser Mann befand sich auf einer Mission und ganz offensichtlich konnte sie ihn nicht aufhalten. Außerdem musste er an sein

Image denken und der erste Ring entsprach vielmehr dem, was die Frau eines Country-Stars tragen und den Klatschmagazinen präsentieren würde. Er hatte gesagt, es sei ihm egal, was sie dachten, aber sie wusste, dass es wichtig war.

Der Juwelier hatte den Schaukasten geöffnet und zog nun den atemberaubenden Ehering aus seinem Samtkoffer hervor. Sie presste die Lippen aufeinander und starrte den Ring an, als Denton ihn dem Mann abnahm und sich zu ihr umdrehte.

„Reichst du mir deinen Finger?"

Sie streckte ihm ihre Hand entgegen; er nahm sie in seine und schob ihr sanft den Ring an den Finger. Er passte perfekt. Ein Übermaß an Gefühlen durchströmte sie, während sie zusah, wie sein feingliedriger Finger mit dem kurzen Nagel den Ring auf ihrem Finger hielt. Langsam atmete sie aus und als sie seinem Blick begegnete, war sie überrascht von der Intensität, mit der er sie ansah.

„Das ist der, den du willst. Es ist der perfekte Ring."

Sie wusste nicht, was sie sagen sollte. Sie hätte wegen des Klumpens in ihrer Kehle ohnehin nichts erwidern können.

Sie wollte, dass das, wofür der Ring stand, Realität war.

Das wollte sie. Danach sehnte sie sich.

Darauf hoffte sie.

KAPITEL ZWÖLF

Nachdem sie die Ringe ausgesucht hatten, nahm Denton Blaze' Hand und führte sie zur Tür. Er hatte gewusst, dass sie nervös war und spürte nun, wie ihre Hand in seiner zitterte. Er selbst war ebenfalls äußerst nervös, sogar nervöser als er es gewesen war, als er zum ersten Mal vor einer Menschenmenge auf der Bühne gestanden hatte, einer Menschenmenge, die größer gewesen war, als er sich zu träumen erhofft hatte. Doch das, was sie gerade taten, sorgte für einen Adrenalinschub, wie er ihn noch nie erlebt hatte.

Er erkannte, dass er sich wünschte, dass es real wäre, dass er Blaze die Hochzeit ihrer Träume schenken würde und nicht nur einen kurzen Ausflug zu einer Elvis-Kapelle. Aber es war, wie es war und er war zumindest froh darüber, dass er sich um einige besondere Details wie die Ringe und Ernie und Lilian gekümmert hatte…

Mit den Ringen in der Tasche verließen sie das Juweliergeschäft, vor dessen Tür die nächste Überraschung auf Blaze wartete. Ein rosa Caddy aus dem Jahr 1958 stand für sie an der Stelle bereit, wo zuvor die Limousine geparkt gewesen war.

Sie blieb abrupt stehen. „Ein rosa Caddy!", rief sie aus, warf den Kopf in den Nacken und lachte.

Ihr entzückendes Lachen und die Freude in ihrem Gesicht brachten ihn ebenfalls zum Lachen. „Ich dachte, wir könnten genauso gut aufs Ganze gehen."

Sie blickte ihn an und ihre Augen funkelten. „Ja! Lass uns das im Vegas-Stil machen."

Der Fahrer hatte bis zu diesem Punkt nach vorn gesehen, seine schwarze Elvis-Tolle war perfekt gekämmt und von ihrem Standpunkt aus sah es aus, als würde der waschechte Elvis in seinem kostbaren Auto sitzen. Nun öffnete er die Tür und sprang aus seinem Wagen heraus. Er eilte zu ihnen und erst jetzt sah sie, dass er mindestens siebzig Jahre alt war und Elvis nicht allzu ähnlich sah – abgesehen von seinem Lächeln. Er war einige Jahre älter als damals, als Denton Ernie Moss zum ersten Mal getroffen hatte. Winzig wie eh und je trug er einen weißen Overall mit Strasssteinen, die fast so groß waren wie er selbst und eine Sonnenbrille nach Elvis' Geschmack, die auf Wirkung ausgelegt war. Denton freute sich, ihn zu sehen.

Ernie riss sich die Sonnenbrille aus dem runzligen Gesicht und begrüßte sie mit einem perfekten, schiefen Elvis-Grinsen, seine elektrisierend blauen Augen funkelten vor guter Laune. „Willkommen in Vegas. Ich freue mich, dass ihr meine Kapelle ausgewählt habt, um eure Ehegelübde zu sprechen." Mit dem Arm beschrieb er eine überschwängliche Geste, während er sich vor ihnen verbeugte. Als er wieder aufrecht stand, blickte er Denton an. „Denton McCoy, ich habe meiner süßen Lilian fast nicht geglaubt, als sie mir mitteilte, dass *der* Denton McCoy meine Kapelle gebucht hat und speziell nach mir gefragt hat, um seine Eheschließung zu vollziehen. Aber du bist es wirklich. Wie geht's dir? Stell mich deiner Lady vor."

Blaze' Mund stand weit offen. „Ihr zwei kennt euch?"

„Ja, das tun wir. Ernie Moss, das ist Blaze Masterson."

Ernie nahm ihre Hand, beugte sich erneut nach vorn und küsste ihre Fingerknöchel. Er richtete sich auf. „Ich bin sehr erfreut, dich kennenzulernen. Dentons Freunde sind auch meine Freunde. Du heiratest einen großartigen Mann. Den tollsten Mann, den ich je getroffen habe."

„Hey, whoa, es besteht kein Grund, sich so hinreißen zu lassen, Ernie. Ich freue mich, dass es dir gut geht, du brauchst keine Geschichten über mich in die Welt setzen."

Ernie grinste. „Die muss ich mir nicht ausdenken. Ich bin Veteran und er hat mir geholfen, als ich ganz unten angekommen war, indem er mir eine Unterkunft besorgt und mich eingestellt hat. Aber das war noch nicht alles, eines Tages kam er vorbei und fragte mich, was mein Traum sei." Der alte Mann grinste schief und seine Augen tanzten. „Das hatte mich noch nie jemand gefragt – ich sagte ihm, dass ich schon immer eine

Hochzeitskapelle in Vegas besitzen wollte. Nun, was soll ich sagen, als ich ihn das nächste Mal sah, übergab er mir eine notarielle Urkunde für eine Kapelle und diesen erstaunlichen rosa Cadillac."

„*Du* hast dafür gesorgt, dass es ein Erfolg wurde", sagte Denton in dem Versuch, das Loblied auf ihn etwas abzuschwächen. „Es war das Mindeste, was ich für dich tun konnte. Du hast deinem Land gedient und mehr als verdient, was ich für dich getan habe."

Ernie warf ihm aus schmalen Augen einen Blick zu und grinste dann Blaze an. „Und er hat viel für mich getan. Er hat mir die Möglichkeit gegeben, meinen Traum zu verwirklichen. Ja, Ma'am, das hat dieser Mann für mich getan. Mein Traum wurde Wirklichkeit und jetzt stehe ich hier, um deinen Traum wahrwerden zu lassen, indem ich euch in meiner Kapelle verheirate. Jetzt hüpft ihr beide mal in meinen Streitwagen und lasst euch von mir rechtzeitig zur Kirche bringen." Er grinste und öffnete die Tür seines Caddys, zog den Vordersitz nach vorn und ließ sie auf die Rückbank des zweitürigen Ungetüms klettern, das sie zur Kapelle bringen würde.

„Ich liebe es. Vielen Dank." Blaze stieg ins Auto und ließ sich auf den Sitz fallen. Dabei achtete sie darauf, dass ihr Kleid nicht zu viel preisgab. Sie beobachtete, wie Denton neben ihr Platz nahm und schlang dann einen Arm durch seinen und kuschelte sich an ihn, während Ernie die Tür schloss und dann um das Auto herum zu seiner Tür ging. „Das macht Spaß. Du musst mir erzählen, woher du ihn kennst und warum er dich für den besten Mann hält, den er jemals kennengelernt hat."

„Er ist ein guter Kerl. Ich dachte, du hättest deine Freude an ihm, auch wenn er nicht das typische Elvis-Imitat ist."

„Ich liebe es. Vielen Dank."

Er starrte in ihre umwerfenden Augen und lächelte. Sein Herz schlug schneller und er konnte nicht anders. Er senkte den Kopf und küsste ihre Lippen.

„Das sehe ich gerne. Ein junges verliebtes Paar. Schnallt euch an, Kinder, los geht's."

Er kicherte an ihren Lippen, Lippen, die sofort auf seine reagiert hatten. Sie wurden zur Seite geworfen, als Ernie Gas gab und der Caddy dröhnend vorwärts schoss.

* * *

Blaze' Herz schlug heftig in ihrer Brust, als der Caddy vorwärts schoss und Denton an ihren Lippen kicherte. Sein Kuss war völlig überraschend gekommen. Er war eine größere Überraschung als die gesamte Reise. An diesem Abend hatten sich die Ereignisse überschlagen, seit sie zum Stall gegangen war und ihn dann verlassen hatte um mit Denton nach Vegas zu fliegen, um dort zu heiraten.

Dentons Limousine, in der sein Fahrer und der Bodyguard saßen, fuhr hinter ihnen.

Gerade starrte sie die Hauptgeschäftsstraße von Las Vegas hinunter und obwohl dies nicht sein Lieblingsplatz war, lächelte er, als der Wagen an einer roten Ampel vor dem Bellagio hielt, gerade als die berühmten Fontänen zum Leben erwachten.

„Oh, sieh nur, wie schön sie sind", rief Blaze aus, während sie gebannt der majestätischen

Zurschaustellung des Wasserspiels zusah. Die Ablenkung kam ihr gerade recht, denn Dentons Kuss hatte ihre Welt auf den Kopf gestellt. Seine Lippen hatten ihre berührt und sie bis zu den Zehen versengt. Verrückte Euphorie versprühte ihre Funken wie Feuerwerkskörper am vierten Juli. Ihr ganzer Körper prickelte und sie würde es schwer haben, wieder in die Realität zurückzufinden.

Sie wusste, dass dies nur ein kurzer Traum war. Doch fürs Erste würde sie ihn so nehmen, wie er ihr dargeboten wurde.

„Warst du noch nie in Vegas?", fragte Denton, als das erstaunliche Wasserspiel weiterhin Fontänen in den Himmel schoss, während es durch Elvis Presleys *Viva Las Vegas* musikalisch untermalt wurde.

Sie beobachtete es für ein paar weitere Sekunden, bevor sie seinem fragenden Blick begegnete. „Tatsächlich nicht. Ich hätte zu einer Model-Show kommen sollen, aber das war, bevor ich einen anderen Weg einschlug und die für mein Leben bessere Wahl traf, mich hinter das Steuer einer Limousine zu setzen." Ihre hübschen Augen verdüsterten sich.

„Dieser Job hat mich zurück nach Hause gebracht, dorthin, wo ich hingehöre."

Aufgewühlt dachte er an ihren Traum, Model zu werden und die Dreckskerle, die das ausgenutzt hatten. Er hatte einen Privatdetektiv beauftragt, sich mit den Leuten zu befassen, mit denen sie in LA zusammengearbeitet hatte. Er hatte nicht vor, besonders nett zu sein, wenn er herausfand, wer genau ihre Träume mit seinen schmutzigen Gedanken zerstört hatte.

„Ich freue mich darüber, dass mein Großvater dir einen Job angeboten hat, damit du in der Nähe deines Vaters sein kannst. Aber ich hasse es, dass du deinen Traum aufgeben musstest, weil Leute schlimme Dinge getan haben." Der Wagen fuhr auf dem hell erleuchteten Las Vegas Strip. Er schenkte ihr seine gesamte Aufmerksamkeit, als das Auto an einer roten Ampel neben dem Flamingo anhielt. Sie wandte sich ab und beobachtete die Leute, die vor dem Casino umherliefen. Sie war zu einer schönen Frau herangewachsen. Einer faszinierenden Frau, doch plötzlich packte ihn der Gedanke, dass sie womöglich stärker verletzt worden war, als sie preisgegeben hatte und er musste es wissen. Er erinnerte sich an die Tränen in ihren Augen, als sie ihm erzählt hatte, was in LA geschehen war.

„Haben sie die wehgetan, Blaze?" Er musste es plötzlich einfach wissen. Sein Magen brannte, während er darum betete, dass sie die Wahrheit gesagt hatte, als sie ihm erzählt hatte, dass es ihr gelungen war, davonzulaufen, bevor jemand tatsächlich hatte Hand an sie legen können. Sie hatte gesagt, sie hätte den Kerl getreten und wäre entkommen. Doch was war, wenn das nur eine Vertuschung dessen gewesen war, was wirklich geschehen war?

Sie drehte sich zu ihm um, als sich das Auto wieder in Bewegung setzte. Die Reflektion all der Lichter auf dem Strip spiegelte sich in ihren Augen und machte es ihm schwer zu erkennen, was in ihnen vorging. Sie hatte erstaunliche Augen – bis jetzt war ihm das nie wirklich aufgefallen.

Sie warf einen Blick zu Ernie, dessen ganze Aufmerksamkeit darauf gerichtet war, langsam und stetig zu fahren, ein Arm baumelte an der Seite des

Autos herab und er schaute auf die vor ihm liegende Straße. Wenn er hörte, worüber sie sprachen, dann ließ sich das der weise alte Mann mit keiner Regung anmerken. Denton bemühte sich trotzdem darum, leise zu sprechen, aber Vegas war keine ruhige Stadt und Jimmy Buffets Bar Margaritaville befand sich nicht weit von ihnen entfernt, sodass es recht laut zuging und er seine Stimme erheben musste, damit sie ihn verstand. Er vertraute darauf, dass Ernie alles, was er hörte, für sich behalten würde. „Es ist okay", versicherte er ihr, während er zu Ernies Hinterkopf und dann zurück zu ihr blickte. Als sie ihn immer noch zögernd ansah und ihm nicht antwortete, wurde sein Herz schwer. „Blaze? Hat dich jemand... berührt? Ist da noch mehr als das, was du mir erzählt hast?" Er bemerkte, dass er seine Faust geballt hatte und ihm seine kurzen Nägel in die Handfläche schnitten.

Der Wagen bewegte sich wieder und sie atmete ein und dann entspannten sich ihre Gesichtszüge, als sie eine weiche Hand auf sein Handgelenk legte. Seine Haut brannte dort, wo sie ihn berührte.

„Nein."

Dieses eine Wort sorgte dafür, dass ihn Erleichterung mit einer Gewalt überfiel, wie wenn eine Ladung schwerer Felsbrocken von einem Berg herabstürzte. Mit einem Mal fühlte er sich leicht und hoffnungsvoll. Hoffnungsvoll, der Gedanke überraschte ihn. Aber das war das einzige Wort, das ihm passend erschien.

Erleichtert schloss er die Augen. Sie beobachtete ihn mit ehrfürchtigem Blick.

„Interessiert dich das wirklich?"

Ihre Frage traf ihn. „Ja. Das tut es. Du siehst überrascht aus."

Das Auto bog rechts ab und Ernie fuhr in eine Seitenstraße, die sie zu seiner kleinen Hochzeitskapelle bringen würde, die sich einen Block weiter zwischen vielen anderen Hochzeitskapellen befand. Als er Ernie vor drei Jahren geholfen hatte, hatte er nicht im Traum daran gedacht, dass er selber kommen würde, um hier zu heiraten. Als er die Überraschung auf Blaze' Gesicht sah, stellte er fest, dass er sich gern vorgebeugt und sie geküsst hätte, um ihr zu versichern, dass… das was?

Dass sie ihm wichtig war?

Denn in diesem Moment begriff er, dass es so war. Sie war ihm wichtiger, als er gedacht hatte.

Und er wusste nicht genau, wie er darauf reagieren sollte.

* * *

Er klang, als würde es ihn wirklich interessieren. Diese Vorstellung stärkte Blaze' Hoffnung darauf, dass dies nicht das verrückteste Vorhaben war, an dem sie je beteiligt gewesen war. Es war nur eine kleine Hoffnung, aber als sie aus dem Auto auf den roten Teppich traten, der von der Doppeltür der Kapelle bis zum Auto führte, schwoll ihr Herz vor Hoffnung an.

„Willkommen in meiner Kapelle." Ernie beschrieb mit seinem Arm erneut eine überschwängliche Geste, die in einer tiefen Verbeugung gipfelte, bevor er sich aufrichtete und ihnen erneut sein einnehmendes Lächeln schenkte, in dem sowohl Schalk als auch Mitgefühl steckten. Sie liebte den Gedanken, dass Denton diesem netten Mann, einem Veteranen, geholfen hatte. Denton hatte sein Geld dafür benutzt, um Gutes zu tun und das liebte sie an ihm. Sie fragte sich, wie vielen anderen Menschen er wohl geholfen hatte. Sie spürte, dass es ihm lieber gewesen wäre, wenn Ernie sein Geheimnis nicht preisgegeben hätte. Andererseits wollte Ernie eben genau, dass sie und wahrscheinlich jeder andere wusste, was Denton für ihn getan hatte. Dies brachte sie dazu, ihn noch mehr zu lieben.

Diese Empfindung schwebte über ihr. Sie hatte gehofft, über ihn hinweg zu sein. Hatte gehofft, dass ihre kindliche Schwärmerei nicht das gewesen war, wonach es sich angefühlt hatte. Angst und Sehnsucht und unerwiderte Liebe. Unerwidert… ihre Kindheitsliebe war völlig einseitig gewesen. Als er ihr jetzt seinen Ellbogen hinhielt und sie in seine intensiven stahlblauen Augen starrte, da konnte sie nicht länger abstreiten, dass Liebe immer noch genau das war, was sie für ihn empfand.

Sie kam nicht umhin, sich zu fragen, wie sich diese Scheinehe auf die Chance auswirken würde, dass sie jemals eine echte Beziehung führen würden. Sie half ihm und er bezahlte sie dafür… zwischen ihnen bestand eine Geschäftsvereinbarung. Mit einem feststehenden Ablaufdatum.

„Bist du bereit?“

Dentons tiefe Stimme unterbrach ihre Gedanken. Sie öffnete die Lippen, um ihm zu sagen, dass das Ganze vielleicht keine allzu gute Idee war, doch dann nickte sie nur und setzte ein Lächeln auf, als *Love Me Tender* aus Lautsprechern tönte und sich die Doppeltür öffnete, nachdem Ernie auf einen Knopf gedrückt hatte. Eine ältere Frau mit schneeweißem Haar, die ein sie umspielendes blaues Kleid trug, begrüßte sie mit einem breiten Lächeln ihrer rotgeschminkten Lippen. Ihre blauen Augen passten zur Farbe ihres Kleides und funkelten voller Wärme.

„Kommt rein, herzlich willkommen in unserer Elvis-Kapelle der Liebe.“ Die schöne Dame winkte sie hinein, ihr leuchtend rotes Lächeln war so einladend und aufrichtig, dass Blaze sofort zu lächeln begann und der Aufruhr in ihrem Inneren abzuebben schien, während sie eine tiefe Ruhe erfasste. Das Ganze würde doch nicht völlig seltsam werden. Diese nette Frau erinnerte sie in vielerlei Hinsicht an ihre Großmutter; obwohl sie nicht lange etwas von ihren Großeltern gehabt hatte, vermisste sie sie noch immer. Und diese entzückende Dame war eine wunderbare Erinnerung an sie. „Ich bin Lilian Moss. Meinen Schatz Ernie hast du ja bereits kennengelernt." Ernie trat an ihre Seite und sie schlang ihre Hände um seinen Arm und schmiegte sich eng an ihn, während sie Ernies Wange küsste.

„Vielen Dank. Was für eine hübsche Kapelle. Wir freuen uns sehr, hier bei Ihnen zu sein und an diesem Ort zu heiraten."

„Und wir freuen uns so sehr für euch beide, wie wir uns damals für uns gefreut haben", sagte Ernie und tätschelte die Hände seiner Frau.

„Ja, das tun wir." Lilians Gesichtsausdruck war unbezahlbar, als sie den kleinen Mann voller Bewunderung ansah. „Das hier war Ernies Traum und er wurde vor etwas mehr als zwei Jahren auch zu meinem, als ich herkam, um an der Hochzeit meines Sohnes und seiner lieben Frau teilzunehmen. Ich traf Ernie in all seiner Elvis-Pracht und verliebte mich sofort. Liebe kann ganz plötzlich geschehen, wir zwei sind der perfekte Beweis dafür. Ich passe perfekt hierher, denn ich schmeiße gern Partys und bin die geborene Gastgeberin. Ich kann jedes Hochzeitslied spielen, das ihr wollt, wenn ihr den Gang entlanggeht." Ihr Blick fiel auf Denton und Gefühle zeigten sich in den blauen Tiefen ihrer Augen. „Und du, junger Mann. Ich stehe für immer in deiner Schuld. Mein Ernie hat mir erzählt, wie du ihm auf der Straße begegnet bist, als es ihm furchtbar schlecht ging, weil er sein Zuhause verloren hatte, da er zu krank war, um längere Zeit in einem Job zu arbeiten. Er hatte niemanden, keine Familie, nur all die Probleme, die der Krieg mit sich gebracht hatte… es bricht mir das Herz, wenn ich daran denke, dass er dort draußen allein hätte sterben können. Deshalb bin ich dir auf ewig dankbar." Sie bewegte sich rasch, schlang ihre dünnen Arme um Dentons Taille und drückte ihn fest.

Tränen liefen Blaze über die Wangen, während sie dem zusah, was sich vor ihren Augen abspielte. Sie wischte sie fort. Sie hatte immer noch nicht die ganze Geschichte dessen gehört, was Ernie wiederfahren war, aber nun wusste sie schon eine ganze Menge und die tragischen und herzerwärmenden Geschehnisse berührten sie. Sie begegnete Dentons Blick über dem schneeweißen Haar, als er Lilians Rücken tätschelte. Er sah überwältigt aus, was Blaze reizend fand. Er war unglaublich. Und als Lilian sich mit feuchtem Gesicht wieder von ihm löste, da glänzten Dentons Augen gefühlvoll. Ihr Herz zog sich bei seinem Anblick zusammen.

Lilian ließ ihn los und zwinkerte ihr zu. „Du bekommst einen von den Guten."

Das dachte sie auch… und als sie fünfzehn Minuten später ihre Gelübde vortrugen, da sprach sie ein stilles Gebet, dass ein Wunder geschehen möge und dies eine echte Ehe werden würde. Ihr Herz donnerte, als er seine Arme um sie legte und ihr Jugendtraum Wirklichkeit wurde, als Denton ihr zeigte, wie man küsste.

Der Mann küsste sie, seine Lippen waren warm und stark, als sie über ihre fuhren und sie erwiderte den Kuss, trotzdem sie versuchte, unbeeindruckt zu agieren. Dies war schließlich eine Scheinehe, aber dann verschmolz sie doch beinahe mit ihm. Ihre Hände ballten sich zu Fäusten, als sie sein Hemd ergriff und sich darum bemühte, nicht zu seinen Füßen zu Boden zu sinken. Als würde er das spüren, schlang er seine Arme noch fester um sie und zog sie näher zu sich, so als wäre er nicht bereit, sie wieder loszulassen.

Wenn das nur so wäre.

* * *

Denton hatte „Ja, ich will" gesagt und den Kuss vermeiden wollen, aber das war unmöglich. Als Ernie ihn also voller Freude in seinen alten Augen angrinste und ihm sagte, er solle seine Braut nun küssen, da sagte sich Denton, dass er es am besten rasch hinter sich brachte, um einen klaren Kopf zu behalten. Doch in dem Moment, als seine Lippen ihre berührten, da verschwand alles, was er zuvor gedacht hatte und er küsste sie, als hätte er noch nie zuvor geküsst. Sie klammerte sich an ihn, ihre kleinen Hände gruben sich in den Stoff seines Hemdes und seine Arme schlangen sich fester um sie, als sie beide den Kuss vertieften. Sie küsste ihn mit einer Hingabe, die er hätte erwarten sollen, da sie schon so lange in ihn verliebt war. Doch er hatte ihre Reaktion nicht erwartet.

Nur langsam kehrte sein gesunder Menschenverstand zurück und er tat das einzig Richtige und zog sich zurück, betäubt und mit klopfendem Herzen starrte er in ihre benommenen Augen und fühlte sich genauso benommen, wie sie aussah.

Was war gerade geschehen?

„Nun, das war ein Kuss, an den man sich erinnern wird. Lilian, hast du ein Foto gemacht? Wir werden es an unsere Hochzeitswand hängen. Ihr zwei haltet diese Leidenschaft am Leben und eure Ehe wird niemals leiden. Jetzt kommt, um unsere Wertschätzung und Liebe für euch zu zeigen, haben wir nebenan einen kleinen Empfang für euch vorbereitet."

„Wir werden euch nicht lange aufhalten." Lilian legte den Kopf schief und legte ihre Hände auf ihre Wangen. Die Kamera baumelte an einem Riemen um ihren Hals. „Ihr zwei wärmt mein Herz. Die Liebe in euren Augen tut meinem alten Herzen gut."

Liebe… das Wort hing in der Luft und sein Blick traf den von Blaze. Sie biss sich auf die Lippen und ihre Augen trübten sich leicht. Das konnte er nicht ertragen, daher zog er sie sanft an sich und küsste sie auf den Scheitel. „Geht voraus. Wir freuen uns auf die Feier."

Er spürte etwas tief in seinem Innerem, dem er sich im Moment nicht stellen wollte. Und mit einem Mal musste er mit aller Kraft gegen die Strömung anschwimmen.

KAPITEL DREIZEHN

Am nächsten Tag flogen sie zurück nach Stonewall. Blaze' Stimmung unterlag abrupten Schwankungen – meist dachte sie recht abgeklärt an den umwerfenden, erstaunlichen Kuss vom Vortag – und dann wieder verspürte sie den Drang, sich an Dentons muskulöse Brust zu werfen und ihn zu bitten, sie erneut zu küssen… und die plötzliche, beherrschte Distanz fallenzulassen, die er seither an den Tag legte. Sie war unmittelbar Zeuge dessen geworden, wie er eine unsichtbare Mauer zwischen ihnen errichtet hatte. Das war im Anschluss an den Kuss geschehen, als er sie angesehen und Lilian gesagt hatte, dass die Liebe ihnen beiden so deutlich ins Gesicht geschrieben stand. Sie selbst hatte sich bemüht, die tiefe, pochende Liebe zu verbergen, die sie fühlte, während sie ihn angesehen hatte. Im nächsten Moment hatte sie versucht, sich nichts anmerken zu lassen, als sich seine schönen Augen mit einem Mal verdüstert hatten und die Flamme, die Sekunden zuvor noch so lebhaft gelodert und die Hoffnung in ihrem dummen Herzen genährt hatte, erlosch und von einem zurückhaltenden Ausdruck ersetzt worden war, den er immer noch zur Schau trug, als sie sein Haus betraten.

Sie war noch nie bei ihm zu Hause gewesen. Er besaß eine Wohnung in Nashville, in der er lebte, wenn er dort war, was seinen Schilderungen nach aber so selten wie möglich der Fall war. Außerdem nannte er dieses Haus sein Eigen. Auch das sah nicht so aus, als ob er hier viel Zeit verbrachte.

Das war das erste, was ihr auffiel, als sie durch die auf drei Fahrzeuge ausgelegte Garage eintraten und einen langen Flur entlanggingen, der in eine riesige Küche führte. Bis hierher hatte das Haus völlig unbewohnt ausgesehen. Sie betrachtete den Raum mit offenem Mund, während er ihre Koffer abstellte. Sie selbst mochte es gemütlich. Sie umgab sich gern mit

Dingen, die dafür sorgten, dass sich ein Zuhause wie ein Zuhause anfühlte. Sie mochte Farben, Textur und Fotos. Ihre winzige Wohnung in Kalifornien war voller heimeliger Dinge gewesen. Dinge, die sie bei Wochenendverkäufen, Schnäppchenverkäufen und Immobilienverkäufen zusammengesammelt hatte. Sie mochte Häuser, die den Eindruck vermittelten, dass in ihnen gelebt wurde. Dieses Haus jedoch sah so aus, als ob man es errichtet und danach einfach ignoriert hätte.

Auf der wunderschönen, massiven Arbeitsplatte aus schwarz-weißem Granit befand sich nichts außer einer Kaffeemaschine. Nirgends hingen Bilder oder Vorhänge – nicht, dass er in dieser abgelegenen Gegend, in der er das Haus auf einer atemberaubenden Halbinsel am Pedernales River errichtet hatte, Vorhänge gebraucht hätte. Der Fluss umgab das Haus auf beinahe allen Seiten. Sie erinnerte sich daran, wie sie einmal mit ihrem Pferd hierher geritten war, auf einem Felsvorsprung gesessen und den Fluss betrachtet hatte. Sie hatte diesen Ort entdeckt, weil sie Denton zuvor in einiger Entfernung gefolgt war. Und aus der Ferne, versteckt zwischen den Bäumen, hatte sie ihn lange auf diesem Felsen sitzen und das aufgewühlte Wasser beobachten sehen, während er offensichtlich in Gedanken versunken gewesen war. Nachdem er weggeritten war, war sie hergekommen und hatte genau an der Stelle gesessen, an der er zuvor gewesen war. Sie fragte sich, ob es diese Stelle noch immer gab oder ob sie dem Bau des Hauses zum Opfer gefallen war. Sie hoffte nicht und nahm sich vor, das zu überprüfen.

Aber zunächst wirbelte sie herum und entdeckte, dass er sie beobachtete. „Hier lebst du? Nichts deutet darauf hin. Sicher wird es in den anderen Räumen mehr Anzeichen dafür geben, dass du hier tatsächlich wohnst."

Er zuckte die Achseln und sah aus, als kümmerte ihn das nicht. „Wenn ich hier bin, bin ich meistens draußen, auf dem Land oder oben im Stall und im großen Haus. Ich schlafe hier im Grunde nur."

„Ich dachte, du kommst hierher, um allem zu entkommen und kreativ zu sein."

„Ich bin kreativ. Dort draußen, auf dem Rücken meines Pferdes oder beim Arbeiten mit den Rindern.

Oder wenn ich an einer hübschen Stelle sitze. Ich schreibe Songs über das Leben auf der Ranch. Und das findet dort draußen statt. Ich schreibe keine Songs über das Innere von Gebäuden."

„Deine Songs handeln von mehr als nur dem Leben auf einer Ranch. Du schreibst Liebeslieder." War ihm das nicht aufgefallen?

„Ich weiß, dass ich das tue, aber da ich nie wirklich verliebt war, singe ich über das Land, wenn ich diese Lieder schreibe."

Er hatte seine Fingerspitzen in die Vordertaschen seiner figurbetonten Jeans gehakt. Er hatte sein Kinn gesenkt und blickte sie unter der Hutkrempe hervor an. Er sah aus wie ein Kind, das gerade etwas falsch gemacht hatte.

„Machst du Witze?"

Er schüttelte den Kopf. „Nein, tue ich nicht." Er starrte sie lange und unverwandt an.

Ihr Inneres war derart in Aufruhr, als würden die Flügel der Schmetterlinge in ihrem Bauch in Flammen stehen. Mit einem Mal war sein Blick nicht mehr zurückhaltend, er schwelte und sie spürte die Hitze.

Das stand in seltsamen Kontrast zu dem, was er sagte – dass er nicht über die Liebe zu einer Frau sang. Und doch sah er sie auf eine Weise an, als würde er sie am Liebsten so ungestüm küssen, dass sie ihre Stiefel verlöre. Und das war etwas, dass sie wirklich, wirklich, wirklich genießen würde.

Sie gab sich selbst innerlich einen Schubs, da er sie nicht mit der Leidenschaft küssen würde, die sie in seinen Augen sah. Das würde nicht geschehen. Und doch sehnte sie sich danach. Stattdessen wirbelte sie herum und betrat den nächsten Raum… einen gigantischen Raum. Ein anderes Wort wurde diesem Zimmer einfach nicht gerecht. Es war gigantisch.

Der Raum verfügte über hohe Gewölbedecken mit einem Ungetüm von Kamin, der bis zur Decke reichte. Die hohen Fenster gaben den Blick in die Richtung frei, in der sie den Felsvorsprung vermutete, auf dem zunächst er und dann sie gesessen hatte.

Sie wirbelte herum, legte den Kopf schief und breitete die Arme aus. „Es ist großartig. Aber alles ist beige." Hellbeige Wände, dunkelbeige Stühle, zwei braune Sofas und gebeizte Holzmöbel – es handelte sich um wunderschönes Holz, aber es war trotz alledem immer noch beige mit braunen Akzenten. Sie spürte das überwältigende Bedürfnis in sich aufsteigen, einen bunten Teppich auszurollen und ein paar bunte Kissen und Vasen zu verteilen. Sie würde bunte, einzigartige Vasen auf diese Bücherregale stellen und sie mit ein paar Fotografien ergänzen. Fotografien voller Leben, die zeigten, wie man das Leben genießen konnte. Bilder von ihm während seiner Konzerte. Er war großartig, wenn er Konzerte gab, warum standen keine Bilder davon in den Regalen. Der Kamin war beeindruckend. Er war aus Austin-Steinen erbaut und erstreckte sich bis an die äußerst hohe Decke, er war wunderschön. Ein prächtiger Kamin, der nach einem wuchtigen Gemälde verlangte, dass das Ganze zusammenhielt. Sie würde mit Caroline sprechen. Sie könnte dort oben ein Bild hinhängen. Blaze hatte ein paar ihrer Arbeiten gesehen und obwohl sie noch nicht sehr bekannt war, so war sie doch eine äußerst talentierte aufstrebende Künstlerin. Sie musste unbedingt mit ihr reden.

Sie drehte sich mit in die Hüften gereckten

Händen um und fixierte ihn freimütig. „Ich kann hier nicht leben."

Überrascht zog er die Brauen zusammen. „Wie meinst du das? Wir müssen drei Monate lang zusammenleben."

„Ich werde nicht gehen. Ich werde dekorieren. Ich sage dir was, ich kann nicht in diesem langweiligen, toten Gebäude leben. Ich werde dein Leben beleben. Okay, ja, ich mag vielleicht nur drei Monate lang hier sein, aber wenn ich wieder gehe, wirst du wissen, dass ich hier gewesen bin, denn das ist einfach nur traurig." Sie breitete die Hände aus, um den ganzen weitläufigen Raum zu erfassen.

Er lachte. „Tob dich aus. Ich bin nicht gerade ein Dekorateur. Caroline sagt dasselbe, aber ich bin meistens unterwegs und lebe in Hotelzimmern. Ich bin immer draußen, wenn ich hier bin und schlafe praktisch nur hier. Auf diese Weise hast du etwas zu tun, während du hier bist."

„Das stimmt. Aber natürlich werde ich auch ab und zu deinen Großvater fahren, schließlich bin ich seine Chauffeurin."

Er verzog das Gesicht. „Ach das. Nein, du bist nicht seine Chauffeurin. Wie würde das denn aussehen, tut mir leid. Ich habe mit Großvater darüber gesprochen. Bis dein Vater wieder arbeiten kann, wird er jemanden einstellen, der dich ersetzt."

Sie schlug sich mit der Handfläche gegen die Stirn. „Natürlich, ich habe nicht nachgedacht. Du hast absolut recht. Es würde merkwürdig aussehen, wenn deine Frau deinen Großvater herumfahren würde. Besonders, wenn ich meinen reizenden schwarzen Anzug und meine Mütze trage."

Ein Grinsen breitete sich auf seinem Gesicht aus. „Das erleichtert mich. Ich hatte erwartet, dass du nicht gerade glücklich darüber wärest. Auch Großvater war sich nicht sicher, wie du es aufnehmen würdest."

„Es ist wie es ist. Solange er glücklich ist. Und weißt du, wenn die anderen Räume in dieser gewaltigen beigen Box, die du dir hier erbaut hast, genauso langweilig und beige sind wie dieser Raum und die Küche, dann habe ich mehr als genug zu tun. Gott sei Dank sind Fredericksburg, Blanco und ein paar andere uns umgebende Kleinstädte wie Comfort und Johnson City nicht weit entfernt. Ich werde alle Ecken und Winkel mit Einkaufsmöglichkeiten durchsuchen. Das mag vielleicht keine echte Ehe sein, Denton McCoy, aber ich habe kein Problem damit, dein Geld auszugeben. Ich werde es für einen guten Zweck tun."

Seine Augen tanzten und blickten sie voller Wärme an, während er ihren Blick hielt – und mit einem Mal schien die ganze verrückte Phase der Reserviertheit, in der sie sich in den letzten vierundzwanzig Stunden seit der Hochzeit befunden hatten, vorüber zu sein. Ihr Herz schmolz und sie musste sich dagegen wehren, zu ihm hinüberzulaufen, sich in seine Arme zu werfen und ihm zu sagen, dass sie bleiben wollte.

Das war lächerlich, lächerlich, lächerlich. Das würde sie nicht tun. Ganz gleich, wie sehr sie das auch wollte.

„Liebling, gib so viel aus, wie du möchtest", erwiderte er schleppend mit seinem ausgeprägten texanischen Bariton.

Ein Schauer des Gewahrseins durchfuhr sie. Sie

sprachen über das Einkaufen von Dingen, um Himmels Willen und nicht über lange Küsse im Mondschein und doch war sie sich seiner auf eine Art und Weise bewusst, die nicht gesund sein konnte. „Das werde ich mit Freuden tun", sagte sie und versuchte vergebens, so zu klingen, als hätte er keinen Einfluss auf sie.

„Caroline wird dich für immer lieben, das kann ich dir jetzt schon sagen. Wie du weißt, liebt sie es zu Shoppen."

Sie konzentrierte sich auf das Shoppen. „Oh ja, ich habe das Gefühl, dass wir sehr gut miteinander auskommen werden."

„Das hätte ich dir auch sagen können. Caroline macht es Spaß, ihren Brüdern und Cousins beim Heiraten zuzusehen. Aber eins kann ich dir sagen: wenn sie an der Reihe ist, eine Scheinehe einzugehen, dann wird sie das gar nicht freuen. Und ich wette, sie ist als Nächste an der Reihe, denn Großvater weiß, dass Beck die Nuss ist, die am härtesten zu knacken ist. Mit ihm wird er es schwerer haben als mit mir. Ich weiß nicht genau, ob Beck sich fügen wird. Aber auch mit Caroline wird es Streit geben. Also schnapp sie dir, während sie noch gut gelaunt meine Bemühungen beobachtet, denn wenn sie erst einmal an der Reihe ist, wird es mit ihrer guten Laune vorbei sein."

Scheinehe. Seine Worte trafen sie und stellten doch eine umso deutlichere Erinnerung daran dar, dass sie eine herbe Enttäuschung erleben würde. Sie schluckte und konzentrierte sich auf seine Schwester. „Ich kann verstehen, warum. In die Ehe gezwungen zu werden ist nicht fair. Und das ist einer der Hauptgründe, warum ich beschlossen habe, dir zu helfen." So, das sollte ihr dabei helfen, sich wieder darauf zu fokussieren, warum sie hier war. Als Freundin… irgendwie. Diese Freundschaft war kompliziert und war es aufgrund ihrer törichten Liebe zu ihm immer gewesen. Sie standen einander gegenüber und sahen sich volle dreißig Sekunden lang an, dreißig Sekunden, die sich aber eher wie ein dreißig Minuten dauerndes Tauziehen anfühlten.

„Ja, und dafür bin ich dir dankbar. Wie auch immer, ich sage bereits jetzt voraus, dass Caroline es nicht leicht haben wird, sich den Wünschen unseres Großvaters zu widersetzen. Es wird sicher interessant.

Wirklich interessant. Ich habe nachgegeben und du hast mir geholfen. Ich wünsche ihr ebenso viel Glück."

Blaze konnte immer noch nicht nachvollziehen, warum Mr. McCoy seine geliebten Enkelkinder in eine solche Lage brachte. Sie war neugierig, schließlich liebte er sie über alle Maßen. Die Liebe, die er für sie empfand war immer klar zu Tage getreten. Sie sah sich im Raum um und mit einem Mal stockte ihr der Atem, ihr Puls verlangsamte sich erst, bevor er an Fahrt aufnahm; ihr war klargeworden, dass Mr. McCoy in diesem Haus gewesen war. Er hatte gesehen, wie farblos Dentons Leben war, wenn es um sein Privatleben ging. Liebe.

Er versuchte wirklich, die Farbe der Liebe in Dentons Leben zu bringen.

Und er glaubte, dass sie das für seinen Enkel tun konnte. Dieser Gedanke berührte sie und wärmte ihr Herz zutiefst. Sie verstand es jetzt, wo sie sich so sehr darum bemühen musste, sich ihm nicht in jedem einzelnen Moment, den sie in seiner Nähe verbrachte, an den Hals zu werfen und ihn anzuflehen, sie zu lieben. So wie gerade jetzt.

Und es würde nur noch schlimmer werden.

„Okay, komm, lass uns nach oben gehen. Ich werde dir dein Zimmer zeigen."

Ihr Herz krampfte sich zusammen und die Schmetterlinge vereinigten sich zu einer glühenden, undurchdringlichen Masse, die von innen gegen ihre Rippen drückte, denn sie wollte so sehr, dass ihr Zimmer auch sein Zimmer war.

Doch das würde niemals geschehen.

* * *

Denton trieb den Hengst hart an, als er über eine Weide ritt und versuchte, der Frustration zu entkommen, die ihn wie ein Dämon verfolgte. Es fiel ihm schwer, die Hände von seiner Frau zu lassen. Sie war zu seinem Großvater gefahren und er hatte gesagt, er würde sie dort treffen, nachdem er nach einer der Färsen gesehen hatte, die in Kürze niederkommen würde. Es war eine Ausrede gewesen, doch sie hatte so reagiert, als hätte sie das nicht bemerkt. Sie hatte ihm lediglich gesagt, er solle tun, was er tun müsse, dann war sie gegangen und in seinen Truck gestiegen. Er hatte mit sich selbst im Clinch gelegen, sie nicht zurückzurufen. Sie hatten die erste Nacht in seinem langweiligen Haus, wie sie es genannt hatte, in getrennten Räumen verbracht. Den größten Teil der Nacht über war er in seinem Raum auf und ab gegangen und hatte daran gedacht, dass sie auf der anderen Seite der Wand schlief wie ein Baby. Doch aus den purpurnen Ringen unter ihren Augen hatte er heute Morgen geschlossen, dass auch sie nicht gut geschlafen hatte.

Jetzt ritt er den Hengst, den er für einen Ausritt mit zum Haus gebracht hatte – er hatte gewusst, dass er etwas brauchen würde, um seine Frustration zu lindern.

Er war sich nicht sicher, wie gut sein Plan gewesen war, als er schließlich den Stall gegenüber dem großen Haus erreichte. Er übergab das Pferd an einen der Cowboys und ging dann über den Schotterparkplatz auf das große Steinhaus zu, in das er sonst immer gern kam. Jetzt fühlte er eine beklemmende Scheu.

Seine Brüder standen an der Feuerstelle auf der

Veranda. Sogar Beck war hier, da er Morgan und Amber persönlich aus Houston hergeflogen hatte. Ihr Großvater hatte sie alle eingeladen und für gewöhnlich stand er bei den Jungs auf der Veranda. Doch stattdessen ließ er sich im Hof von Tess herumführen. Das kleine Mädchen hatte ihn um den Finger gewickelt, genauso wie es Caroline getan hatte, als sie noch Kinder gewesen waren. Als er die beiden über den weiten Hof hinweg ansah, überfiel ihn der Gedanke, dass sein Großvater eines Tages auch für seine Kinder da wäre.

Wenn er ihm denn ein Kind schenkte, um das er sich kümmern könnte.

Er sah ein kleines süßes Mädchen vor sich, das Locken wie Blaze hatte, wenn sie diesen nicht mit dem Glätteisen zu Leibe rückte. Er liebte ihr lockiges Haar und jedes Mal, wenn Blaze es natürlich trug, sehnte er sich danach, seine Fingerspitzen in ihren Locken zu vergraben. Er schüttelte den Kopf; wie war er nur darauf gekommen, sein Kind vor sich zu sehen und an die üppigen Haare seiner Frau zu denken? Es war kein Wunder, dass ihm seit seiner Ankunft daheim keine

Songs einfallen mochten. Eine Woche war vergangen. Er musste noch eine weitere Woche rumbringen, bevor es wieder auf Tour ging und sein Magen brannte bei dem Gedanken an all die Nächte, in denen er noch durch eine Wand getrennt in ihrer Nähe schlafen würde.

„Ah, der Mann der Stunde", rief Wade, bevor er noch die Stufen heraufgestiegen war.

Ash lehnte mit verschränkten Armen am Geländer der Veranda. „Du siehst erschöpft aus. Und aus der Tatsache, dass du mit deinem Pferd hierher geritten kamst, schließe ich, dass dir *Dinge* durch den Kopf gehen."

Er warf ihnen einen finsteren Blick zu. „Ja, Dinge."

Todd lachte. „Ich weiß genau, wovon du redest. Es ist schwierig. Halte durch."

Genau, dabei hing er jetzt schon nur noch an den Fingerspitzen.

Beck blickte nicht amüsiert drein. „Du hättest Großvater sagen sollen, dass du es nicht tust. Aber jetzt, wo du den Traum lebst, seinen Traum, musst du zumindest durchhalten, bis die Zeit rum ist. Ist das ein Problem?"

Alle betrachteten ihn. Am liebsten hätte er sich auf der Stelle umgedreht und wäre wieder aufs Pferd gestiegen. „Ich komme klar." Er hoffte, dass er sich bestimmter anhörte, als er sich fühlte.

„Du siehst aus, als bräuchtest du eine Stärkung. Hier. Dieser texanische Tee enthält genug Zucker, um alles wieder in Ordnung zu bringen." Morgan reichte ihm ein großes Glas süßen Tee und er kippte ihn hinunter, als hätte er sich soeben mit letzter Kraft aus der Wüste hergeschleppt. „Ich habe die Mädels drinnen über eine große Einkaufstour auf deine Kosten sprechen hören. Worum geht es da?"

Er stellte das leere Glas auf den Tisch. „Blaze geht einkaufen. Sie wird meine Welt in buntere Farben hüllen, wie sie es ausdrückte."

Todd lachte in sich hinein. „Ah, Frustration. Wie interessant. Ich vermute, ihr zwei habt nicht…"

„Das geht dich nichts an."

Todd zog eine Braue hoch. „Vielleicht solltest du auch einkaufen gehen. Es ist also wirklich eine

Scheinehe. Ich war mir nicht sicher, weil ihr so rasch nach Vegas getürmt seid und Blaze in dich verliebt ist."

„Sie ist nicht in mich verliebt. Sie hat das hinter sich gelassen. Sie ist nur immer noch etwas verlegen wegen ihres Verhaltens vor all den Jahren." Er wusste, dass das nicht die ganze Wahrheit war. Er hatte aus ihrer Reaktion bei seinem Konzert geschlossen, dass Blaze nur mit Mühe an ihrem Entschluss festhielt, nicht in alte Gewohnheiten zu verfallen. Das hatte sie sagen wollen, als sie ihm mitgeteilt hatte, dass sie nicht gegen ihn immun sei. Und er hatte die Wahrheit gesagt, als er erwidert hatte, dass auch er nicht immun gegen sie war.

Er könnte sie bezaubern und wahrscheinlich ihre Meinung ändern. Aber sie hatte ihm drei Monate ihres Lebens geschenkt. Nicht ihr ganzes Leben und er hatte dem zugestimmt.

Sie wollte nicht erneut verrückt nach ihm sein.

Sie hatte keine guten Erinnerungen an diese Zeit ihres Lebens. Er musste sich ihren Wünschen beugen.

Das alles war ihr gegenüber nicht fair, wenn er nicht das tat, was sie wollte.

* * *

„Ich mag den hier“, sagte Caroline und musterte einen wunderschönen Teppich, den sie vier Wochen nach Blaze' Einzug in Dentons Haus in einem Fachgeschäft an der Hauptstraße von Fredericksburg gefunden hatten.

Auch Blaze liebte ihn. Er enthielt Rostbraun, einen Creme-Ton und verschiedene Nuancen von Blau und Grün. Und an den Rändern wies er ein sattes Braun auf. Das musste ihrem temporären Ehemann doch gefallen, dachte sie, schließlich hatte dieser ganz offensichtlich ein Faible für Braun und Beige. Dieser Gedanke brachte sie zum Lächeln, auch wenn ihr Herz jedes Mal schmerzte, wenn sie an ihn dachte.

„Ich liebe ihn auch“, seufzte sie und sah dann alle McCoy-Frauen der Reihe nach an, die um den Teppich herumstanden. „Ich werde ihn auf dem Boden des Wohnzimmers ausbreiten und seine Welt aus den Fugen heben.“ Blaze gluckste, während die Blicke aller sie durchbohrten. Sie hatten gemeinsam entschieden, diesen Einkaufsbummel zusammen zu unternehmen, um einander besser kennenzulernen. Caroline ihr mitgeteilt, dass es ihnen wichtig war, sich näherzukommen; dass sie dafür meist in ein Spa gingen, Shoppen aber genauso gut geeignet wäre.

Sie alle unterstützten sie ungemein, wahrscheinlich weil sie ebenfalls in ihren Schuhen gesteckt hatten. Jede einzelne sah sie hoffnungsvoll an, was sicher daher rührte, dass sie ihre Traumprinzen gefunden hatten.

Caroline verschränkte die Arme. „Und ich dachte, du hättest die Welt meines Bruders längst aus den Fugen gehoben. Auch ohne diesen bunten Teppich. Die anderen sind meiner Meinung."

Allie hatte das Baby in der Obhut von Nelda, ihrer Haushälterin, gelassen, die sich wahnsinnig über die Gelegenheit zum Babysitten gefreut hatte und darüber, Allie eine kurze Auszeit verschaffen zu können. Holly hatte Tess zu deren Großvater gebracht und ihr eigener Daddy war ebenfalls dort. Außerdem war noch Gladys mit von der Partie, was alle beruhigte, da sie mehrfache Großmutter war. Talbert hatte sich seit Jahren nicht mehr um kleine Kinder gekümmert und ihr Vater ebenso wenig, jemand mit Erfahrung schadete also nicht.

Wahrscheinlich verbrachten sie einen großartigen Tag miteinander; Blaze musste zugeben, dass ihr Vater jedes Mal bester Stimmung war, nachdem er Zeit mit Gladys verbracht hatte. Er wurde langsam ruhelos und war so weit, wieder zu fahren. Ab der nächsten Woche würde er das wieder in Teilzeit tun. Und in der Zwischenzeit war da Gladys. Sie hatte immer gehofft, dass vielleicht mehr zwischen den beiden war als nur die Freundschaft, die sich aus der Arbeit für Mr. McCoy ergab.

Aber vielleicht war das auch nur Wunschdenken ihrerseits. Ihr Vater brauchte jemanden. Brauchte schon lange jemand anderen als nur sie.

Vielleicht tat sie das auch.

„Wir hoffen, dass die Dinge zwischen euch beiden gut laufen", unterbrachen Allies Worte ihre Gedanken. „Du bist nicht gerade mitteilsam, was Details angeht, daher müssen wir uns alles aus den Fingern saugen und Vermutungen anstellen."

Ginny legte eine Hand auf ihre schmale Hüfte und

zog ihr Kinn an die Brust. Sie starrte sie unter der Krempe ihres lilafarbenen Cowboyhuts hervor an, der frontal mit einem gleichfarbigen Schmuckstein verziert war. „Was meine liebe Freundin hier sagen will, ist, dass uns aufgefallen ist, dass du deinen Ehemann in den vergangenen zwei Wochen während seiner Tour nicht begleitet hast. Wir fragen uns, wie du darauf hoffst, nach den drei Monaten bei ihm zu bleiben, wenn du keine Zeit mit ihm verbringst?"

Sie seufzte und sah ihre Freunde der Reihe nach an. Holly und Amber musterten sie verständnisvoll. Aber sie erkannte, dass sich alle dasselbe fragten wie Ginny. Auch die anderen beobachteten sie erwartungsvoll.

In der Tat boten sie alle einen Anblick, als warteten sie nur auf eine Schachtel Popcorn und einen Liegestuhl, um die Show noch besser genießen zu können. Sie seufzte und gab der Verkäuferin, die ihnen Zeit ließ, sich zu entscheiden, ein Zeichen. „Ich nehme diesen. Könnten Sie ihn fertigmachen?"

„Selbstverständlich. Vielen Dank. Wenn Sie sonst noch etwas benötigen, lassen Sie es mich gern wissen."

Sie bedankte sich und verließ dann ohne ein weiteres Wort an ihre Freunde das Gebäude und ging über den Bürgersteig zum Café mit verschiedenen Spezialitäten gleich nebenan. Sie trat ein und nahm an einem großen runden Tisch in der Nähe des straßenseitigen Fensters Platz. Die McCoys setzten sich auf die verbliebenen Stühle.

„Ich weiß nicht, was ich sagen soll. Ihr seht mich alle so hoffnungsvoll an und ich verstehe, dass ihr alle in der gleichen seltsamen Situation wart und das Glück hattet, am Ende einen Ehemann zu haben, der wahnsinnig in euch verliebt war. Das ist großartig. Ich freue mich so für euch alle. Ich freue mich unglaublich darüber, euch als meine Freunde und für eine Weile auch als meine Familie bezeichnen zu können. In LA hatte ich eigentlich keine Freundinnen, bis auf eine und seit ich wieder hier bin, ist auch dieser Kontakt etwas eingeschlafen. Es passiert immer so viel, ihr kennt das. Doch ihr habt das gewaltige Loch in meinem Leben, in meinem Herzen, gefüllt. Gerade jetzt im Moment, während dieser ganzen Geschichte mit Denton, ist mir dies besonders wichtig. Daher werde ich ehrlich sein.

Er liebt mich nicht. Ich habe mir ein paar Mal Hoffnungen gemacht, dass er es vielleicht doch tut. So wie bei dem Kuss während unserer Hochzeit, von dem Lilian dieses wundervolle Foto geschossen hat… ich habe es gehofft. Denn es sieht so aus, als täte er es. Aber es ist nur eine Illusion."

„Das Bild ist wunderschön." Allie legte eine Hand auf ihr Handgelenk. „Sehr leidenschaftlich. Und gleichzeitig zärtlich."

Es war, wie sie sagte. „Nach dem Kuss hat er eine Mauer zwischen uns errichtet. Er hat mich nicht gebeten, ihn auf seine Tour zu begleiten. Es ist wohl am besten so. Ich möchte nicht das Mädchen sein, das ihm nachstellt, wisst ihr. Ich bin über ihn hinweg. Ich tue das Alles nur, um ihm zu helfen und sein Erbe zu retten."

Amber rieb sich die Schläfe. „Wegen dir bekomme ich Kopfschmerzen. Ich mag es nicht, belogen zu werden. Und entweder lügst du oder du verleugnest alles, was du fühlst. Denn du, Blaze, bist unglaublich in deinen Ehemann verliebt. Wir alle können das sehen."

„Es könnte kaum offensichtlicher sein", stimmte Holly zu. „Als wir uns letzte Woche alle bei Talbert zum Abendessen getroffen haben, da konnte Denton kaum die Augen von dir lassen."

Amber, die nur für diese Einkaufstour eingeflogen war, lächelte nun breit. „Es war so offensichtlich, dass Morgan ihn auf der Veranda aufzog, wie er mir später erzählte. Morgan meinte, dass er verliebt sei, da es ihn in den Wahnsinn treibe, in deiner Nähe zu sein und nicht so handeln zu können, wie er gerne würde. Bei Morgan und mir war es ähnlich. Wir denken, dass ihr es beide leugnet."

Blaze' Herz donnerte. Sie liebte ihn so sehr, dass sie annahm, ihr Herz würde in eine Million Stücke zerspringen, wenn es an der Zeit wäre, zu gehen. Das sagte sie jedoch nicht. Genauso wie sie es für sich behielt, wieviel Zeit er auf dem Rücken seines Pferdes verbrachte, wenn er daheim war und nicht mit dem Vieh arbeitete.

Sie bereitete stets das Frühstück und Abendessen vor und morgens war er umgänglich, machte sich dann aber schnell auf den Weg. Abends war er abwesend, genauso wie sie. In Gegenwart des anderen führten sie einen Eiertanz auf. Und da er ihr das einmal erzählt hatte, wusste sie, dass er Schwierigkeiten mit dem Song hatte, den er kürzlich zu schreiben begonnen hatte. Die Worte wollten einfach nicht kommen. Vielleicht war er deswegen so distanziert. Wenn sie seine Kreativität blockierte, dann bestand keine Hoffnung auf etwas Dauerhaftes zwischen ihnen.

Schließlich begann sie erneut zu sprechen. „Ich möchte offen zu euch sein. Wenn die drei Monate rum sind, werde ich höchstwahrscheinlich gehen. Es würde ein Wunder erfordern, damit es anders kommt."

Holly lächelte und tätschelte ihren sich langsam zeigenden Bauch. „Du kennst meine Geschichte. Ich kann bezeugen, dass Wunder geschehen. Denk also nicht, dass es unmöglich ist. Hör auf meine aufmunternden Worte. Du kennst doch das alte Lied *I Believe In Miracles…*" Sie sang ein paar Zeilen des Liedes und die anderen kicherten und stimmten mit ein.

Blaze stöhnte, als sich die Melodie in ihrem Kopf festsetzte, doch sie musste lächeln. „Warum hast du das getan. Ich glaube nicht an Wunder, es ist zu gefährlich für mich, so zu denken. Als ich ein Mädchen war, bin ich überhaupt nicht klargekommen, wenn ich nicht wenigstens einen kurzen Blick auf ihn erhaschen konnte. Ich habe meinen Daddy verrückt gemacht, damit wir auf die Ranch fuhren, wenn wir in Houston waren. Und als ich dann ein Teenager war und dem armen Denton nachstellte, hat mich mein Vater mehrmals gewarnt, dass ich dafür sorgen würde, dass mir das Herz gebrochen wird. Und er hatte recht. Es zerbrach fein säuberlich in zwei Hälften. Ich ertrage das kein zweites Mal. Und Denton auch nicht."

„Heute ist es aber nicht länger ein Albtraum", sagte Caroline. „Er ist ein erwachsener Mann und sieht dich an, als würdest du die Sterne vom Himmel holen – meistens jedenfalls. Den Rest der Zeit sieht er beklagenswert aus. Du willst mir doch nicht sagen, dass ein Mann, der eine Frau erst ganz verzückt und dann wieder trübsinnig ansieht, das nicht tut, weil er ernsthaft verliebt ist und sich grämt, weil er deswegen noch nichts unternommen hat."

Das wünschte sie sich. Aber bisher hatte er wirklich nichts in dieser Richtung unternommen.

Ginnys Augen weiteten sich plötzlich, so als wäre

ihr etwas Wichtiges eingefallen. „Ihr kommt doch zum Streetdance, oder? Vielleicht macht es einen Unterschied, wenn ihr euch beim Tanzen eng aneinanderschmiegt."

Sie hörte zum ersten Mal vom Streetdance. „Ich weiß nichts davon."

Caroline sah sie entsetzt an. „Du machst wohl Scherze. Ich werde rüberfahren müssen, dorthin wo mein Bruder mit den Jungs das Vieh brandmarkt, ihn hochziehen und ihm androhen, ihm auch ein Brandzeichen zu verpassen, wenn er sich nicht zusammenreißt. Das ist doch lächerlich."

Sie alle blickten die äußerst verschnupfte Caroline ebenso schockiert an wie Blaze. Es wärmte Blaze' Herz, als sie sah, wie sehr sich ihre temporäre Schwägerin um sie kümmerte. „Es ist okay, Caroline. Es ist nicht wichtig."

„Es ist wichtig. Du kennst doch den nervigsten Sheriff von ganz Texas, Jesse James, oder? Er beaufsichtigt den Tanz jedes Jahr zusammen mit einer ganzen Reihe von Strafverfolgungsbehörden der Gegend und den umliegenden Counties. Das Ganze ist eine Benefizveranstaltung für die Jungsranch, ungefähr fünfzehn Meilen von hier auf dem Weg nach Blanco. Die Einnahmen aus den Ticketverkäufen, die Erlöse aus der Auktion und die Spenden tragen dazu bei, dass die Pflegeunterbringung das ganze Jahr über geöffnet bleiben kann. Wie du siehst, ist es also sehr wichtig und normalerweise engagiert sich Denton sehr dafür. Früher ist er immer dort aufgetreten, aber jetzt, wo er so berühmt ist, wird das nicht angekündigt, da die Logistik ein Albtraum ist. Sie setzen stattdessen mehr auf aufstrebende Talente. Was er früher auch war. Wie auch immer, stell dich darauf ein, denn unsere Familie unterstützt dieses Anliegen. Wir spenden jedes Jahr eine stattliche Summe, um sicherzustellen, dass diese Einrichtung bleibt und Gutes tun kann."

Das klang wunderbar und sie fragte sich, warum Denton ihr nichts davon erzählt hatte. „Ich werde kommen, mit oder ohne ihn. Im Moment bin ich ein Teil dieser Familie und ich möchte das unterstützen."

Und das meinte sie so. Sie würde ein Gespräch mit ihrem Ehemann führen müssen, wenn sie nach Hause kam. Diese Distanz, die zwischen ihnen herrschte, war nicht das, was sie vereinbart hatten.

Die Dinge würden sich ändern.

KAPITEL VIERZEHN

Dentons Schulter schmerzte, als er das Haus betrat. Es war fast neun, die Tage waren lang und sie nutzten das aus, um mit dem Brandmarken des Viehs voranzukommen. Er war gegen einen Eisenzaun geschleudert worden, als ein siebenhundertfünfzig Kilo schwerer Ochse, den sie erst kürzlich erworben hatten, beschloss, dass er es vorzog, das McCoy Zeichen nicht zu tragen. Es hatte es trotzdem bekommen, gleich nachdem es Denton und Beck gelungen war, ihn unter Kontrolle zu bringen. Sein Bruder hatte Amber für den Shoppingtag mit Blaze eingeflogen und war mit ihm gekommen, um ihm zu helfen, während er darauf wartete, sie am folgenden Tag wieder nach Hause zu fliegen. Morgan hatte sie wegen einiger

Vorstandssitzungen nicht begleiten können. Als Denton und Beck müde und mit schmerzen Knochen zur Scheune zurückgegangen waren, hatte sein Bruder gelacht und gemeint, dass Morgan es leicht hatte mit seinen Vorstandssitzungen im Vergleich zu ihrer Arbeit beim Brandmarken des Viehs. Doch als Denton nun zum Eiswürfelspender ging, um aus einer mit Eis gefüllten Plastiktüte einen Kühlbeutel zu machen, da wusste er, dass er einen Tag wie den heutigen nie gegen einen Tag in einem stickigen Konferenzsaal eintauschen würde.

Als er sich in der Küche umsah, bemerkte er plötzlich, dass sie anders aussah. Blaze hatte damit begonnen, sein Haus in ein Zuhause zu verwandeln und alle paar Tage entdeckte er etwas Neues. Auf der zuvor leeren Theke stand ein leuchtend türkisfarbenes Keramikset. Und am Fliesenspiegel lehnte ein alt aussehendes, cremefarbenes Holzbrett mit schlichter Botschaft: *Ich bin jeden Tag dankbar für alle meine Segnungen.*

Er blieb neben dem Eiswürfelspender stehen und starrte das Brett an. War sie jeden Tag dankbar für all ihre Segnungen? War er eine von ihnen? Ihm fiel auf, dass er sie als Segnung betrachtete, ihr das aber nicht gesagt hatte. Sie war ein Segen für ihn. Wenn sie heute nicht bei ihm wäre, könnte er in Zukunft nicht mehr auf dem Land arbeiten, das er so liebte. Sie ermöglichte das. Und er hatte sie mehr oder weniger ignoriert.

Das diente dem Selbsterhalt. Es brachte ihn um, dass sie hier war. Er schlief kaum und jeden Morgen, wenn er in die Küche kam und sie sah, verspürte er das überwältigende Bedürfnis, sie in die Arme zu ziehen und sie so zu küssen, dass ihrer beider Knie schwach wurden. Sie war meist bereits komplett angezogen und sah erholt und frisch aus, wenn sie sein Frühstück zubereitete. Er hatte sie nicht darum gebeten, aber es schien ihr Freude zu machen, also ließ er sie. Er blieb nicht, um ihren Anblick zu genießen. Stattdessen bedankte er sich bei ihr, legte etwas Speck und ein Spiegelei zwischen zwei Cracker und machte sich dann auf den Weg, um mit den Rindern zu arbeiten oder was er sonst an diesem Tag als Vorwand nutzte, um nicht mit ihr im Haus zu bleiben. Es war eine lange Woche gewesen.

„Wie findest du es?“

Beim Klang ihrer sanften Stimme drehte er sich um und stellte fest, dass sie in der Tür stand. Sie sah wunderschön aus in einer weichen weißen Bluse, die ihr bis zur Mitte der Oberschenkel reichte und einer schwarzen Jeans, die an den Knöcheln hochgerollt war. Ihre nackten Füße mit hübschen rosa Zehennägeln steckten in einem Paar funkelnder Flipflops. Sie sah lässig und entspannt aus. Mit einem Mal war er so angespannt wie zu straff gezogener Stacheldraht.

„Es sieht großartig aus.“ Er blickte sich um und entdeckte ein hübsches Blumenarrangement auf dem Tisch und einige andere Dinge, die an der Wand lehnten und so aussahen, als sollten sie noch aufgehängt werden.

„Ich bin noch nicht fertig. Ich dachte, du könntest mir vielleicht später helfen, die Bilder und anderen Dinge aufzuhängen. Aber jetzt komm erst mal hierher, ins Wohnzimmer und schau. Warte, bist du verletzt? Du siehst aus, als hättest du Schmerzen.“

Er hatte Schmerzen, doch diese kamen nun nicht mehr nur von der schmerzenden Schulter, sondern vom

Unterdrücken des Impulses, nach ihr zu greifen. „Ein kleines Missgeschick. Ich wollte mir gerade einen Kühlbeutel machen."

Sie trat rasch an seine Seite. „Ich mache das."

„Okay danke." Sie roch nach Süße und Sonnenschein und er konnte einfach keinen Zentimeter zur Seite gehen und ihr mehr Raum geben, um an das Eis zu kommen. Stattdessen stand er wie er erstarrt da, während sie die Plastiktüte mit Eis füllte. Sie waren einander so nahe, dass ihre Schulter seinen Bauch streifte, als sie sich vorbeugte, um nach dem Behälter mit Eis zu greifen, der neben dem Waschbecken auf der Kücheninsel stand. Er beobachtete, wie ihr Haar ihr über die Schulter nach vorn fiel und es juckte ihn in den Fingern, es beiseite zu schieben und ihren langen Hals freizulegen. Einen Hals, den er nur zu gern geküsst hätte.

Er befeuchtete seine plötzlich trockenen Lippen, als sie sich aufrichtete. Ihre Schulter streifte seine Brust, während sie gemächlich die Tüte schloss. Sie entfernte sich nicht und er konnte es auch nicht. Ihm war bewusst, dass er verschwitzt war und wahrscheinlich recht streng roch, nachdem er an diesem langen heißen Tag so hart gearbeitet hatte, aber er nahm an, dass sie sich zurückziehen würde, wenn es sie störte. Im nächsten Moment hielt er den Atem an, als sie sich zu ihm umwandte und mit ihren blauen Augen zu ihm aufblickte.

„Bitte schön. Ist es diese Schulter?" Sie berührte sanft seine linke Schulter und er nickte, ohne seine Augen von ihren abzuwenden. Sie lächelte und er konnte sehen, dass sie seine Nähe genauso unruhig machte, wie ihn ihre, aber sie zog sich nicht zurück. Es war, als ob sie in Treibsand stecken und rasch darin versinken würden. Sie legte den Beutel auf seine Schulter und hielt ihn an Ort und Stelle. Er hob eine Hand, um ihn festzuhalten, bedeckte aber ihre Hand mit seiner. Ihre Hand zitterte und er war sich ziemlich sicher, dass seine dasselbe tat.

Beweg dich.

„Danke, es fühlt sich schon besser an." Sein Blick fiel auf ihre Lippen und er richtete ihn wieder auf ihre Augen, was sicherer war. „Du siehst heute wirklich hübsch aus."

DIE ZWEITE CHANCE DES MILLIARDENSCHWEREN COWBOYS

Ihr Atem ging flach und ihr Blick fiel auf seine Lippen, während seine Hand ihre fester umschloss. „Danke."

Er war so sehr von dem Gedanken getrieben, sie zu küssen, das er nicht anders konnte und den Kopf senkte.

Sie seufzte, kurz bevor sich ihre Lippen berührten, trat dann aber abrupt einen Schritt zurück.

„Komm ins Wohnzimmer und sieh dir an, was ich noch verändert habe." Sie starrte ihn einen Moment an und sah dabei aus wie ein Vogel, der jeden Moment davonfliegen würde. Dann wirbelte sie herum und ging auf den ausladenden Eingang des Wohnzimmers zu. Er folgte ihr auf den Fersen, unfähig, das Bedürfnis, sie zu küssen, aus seinem Kopf zu vertreiben.

Sie blieb abrupt stehen und breitete die Arme aus. Er blieb direkt hinter ihr stehen, nur ein Hauch Abstand verblieb zwischen ihnen, als er überrascht das Wohnzimmer betrachtete. Der beige-braune Raum war mit einem Mal mit Farbtupfern übersäht. Der Teppich auf dem Boden war unglaublich und all die Farben im Zimmer und die Sofakissen sorgten dafür, dass das

Blau und Grün darin gut zur Geltung kamen, Farbtupfer, die ihn an ihre Augen denken ließen. In den Bücherregalen standen hübsche Vasen in Blau und Grün und ein paar rote Keramiken, die kunstvoll in ihnen arrangiert worden waren. Bücher und Rahmen befanden sich dort, wo vorher fast nichts gewesen war. Sie hatte ein Auge für Dinge, die einen Raum zu etwas Besonderem machten.

„Die Rahmen sind noch leer, weil ich mich beeilen musste, um all das zu schaffen, bevor du nach Hause kamst. Die Mädels und ich waren erst gegen fünf zurück. Es ist ein Anfang, aber ich liebe es. Ich hoffe du auch." Sie drehte sich zu ihm um.

Er liebte sie. Diese Empfindung, die Worte und das Wissen erfüllten ihn mit der Leichtigkeit einer Feder, die sich an ein weiches Kissen schmiegt. Er zwang sich dazu, den Blick von ihr abzuwenden und musterte den Raum erneut. Er musste etwas finden, das ihn davon abhielt, vor ihr auf die Knie zu fallen und ihr seine Liebe zu gestehen. Das würde sie in eine schlechte Position bringen. Sie hatte gesagt, dass sie nichts mit ihm anfangen wollte. Seine Augen wurden erneut von ihr angezogen. „Ich liebe… es. Es sieht großartig aus. Du solltest das beruflich tun." Beinahe hätte er alles vermasselt.

„Es freut mich, dass es dir gefällt. Aber ich glaube, dass du etwas zu viel Vertrauen in meine Fähigkeiten setzt, wenn du denkst, dass ich damit Geld verdienen könnte, auch wenn es mir wirklich Spaß macht. Nichtsdestotrotz weiß ich, dass es so besser ist als vorher. Ich möchte, dass du dich hier zu Hause fühlst, auch nachdem ich gegangen bin."

Wenn sie einen Kübel kalten Wassers über seinen Kopf geschüttet hätte, dann hätte ihn das nicht abrupter ins Hier und jetzt zurückholen können als ihre Worte das taten. Er trat zurück. „Ähm, ja, natürlich. Es wird perfekt sein." Er würde sich jedes Mal elend fühlen, wenn er die Dinge betrachten und sie darin erkennen würde und sie nicht mehr hier wäre. Ja, er würde sich elend fühlen.

„Gut. Jetzt geh duschen, vielleicht tut die Hitze deiner Schulter gut, auf jeden Fall wird sie einiges für deinen Geruch tun." Sie lächelte und er lachte trotz seines plötzlichen Elends. „Ein King Ranch Huhn wartet im Ofen."

„Großartig." Er ging zur Treppe und nahm immer zwei Stufen auf einmal. Er rannte davon und wusste das. Und das, obwohl er nichts lieber getan hätte, als sich umzudrehen und zu ihr zurückzulaufen.

* * *

Blaze konnte kaum glauben, dass sie Denton bedrängt hatte. So als wäre er ein Hemd auf einem Bügelbrett und sie das Bügeleisen. Sie hatte nicht anders gekonnt, nachdem sie sich ihm genähert hatte, um nach dem Eis zu greifen und er nicht zur Seite gewichen war. Die Nähe zu ihm, nach all den Tagen, an denen sie immer mindestens einen Meter voneinander entfernt gewesen waren, hatte ihren Puls zum Rasen gebracht. Und als er sich nicht bewegt hatte, als sie ihm den Eisbeutel hinhielt, da hatte sie für einen Moment gespürt, dass er sie küssen wollte. Sie hatte ihn auf die Probe gestellt. Und glaubte nun, dass das, was die Mädels gesagt hatten, der Wahrheit entsprach… er hielt sich zurück und handelte nicht seinen Empfindungen entsprechend. Genau wie sie selbst.

Meine Güte, was für eine Bredouille.

Sie deckte den Tisch in der Ecke der Küche und wartete nervös auf seine Rückkehr. Sie hatte sich im kleinen Badezimmer in der Nähe des Hintereingangs im Spiegel vergewissert, dass sie nicht so benommen aussah, wie sie sich fühlte. Sie war entschlossen, das war es.

Als er schließlich herunterkam, machte ihr Herz einen Sprung, als sie sah, dass er eine bequeme Jeans und ein ausgeblichenes rotes Shirt trug und wie sie selbst barfuß war.

„Ich glaube, heute ist *entspannter Donnerstag*." Sie lächelte, als sie nach der Auflaufform griff.

„Warte, lass mich das machen." Er trat an ihre Seite und nahm ihr die Topflappen aus der Hand. Ihre Hände berührten sich und die Schmetterlinge in ihrer Brust schwärmten noch wilder durcheinander als zuvor. „Ich dachte mir, dass ich es dir gleichtun würde und ebenfalls etwas Entspanntes anziehen würde. Immerhin ist es fast zehn. Schon etwas spät fürs Abendessen. Ich habe dich warten lassen und das tut mir leid."

„Das ist in Ordnung. Du hast gearbeitet und das habe ich auch.“

Er lächelte und trug dann das köstlich riechende Gericht zum Tisch und stellte es auf den Untersetzer, den sie zu diesem Zweck dorthin gelegt hatte.

„Mein Magen knurrt bereits, seit ich zur Tür hereingekommen bin. Das riecht himmlisch.“

„Ich liebe dieses Gericht. Und hoffe, dass du es auch tust. Es ist schnell und einfach zuzubereiten.“

„Ich kann es kaum erwarten, es zu probieren. Ich hatte nicht gedacht, dass du kochen würdest. Schließlich warst du ja einkaufen.“

Sie setzten sich. „Ich wollte es gern. Ich liebe es zu kochen.“

Sie liebte einfach alles. Das Wort kam in allem vor, was sie sagte. Sie tat ihnen auf und wollte gerade den ersten Bissen zu sich nehmen.

„Kann ich das Essen segnen?“

Das hatte er bisher nicht getan und trotzdem sie morgens meist ein kurzes Dankgebet für all ihre Segnungen, einschließlich ihres Essens, sprach, hatte sie dieser Tatsache bisher nicht viel Aufmerksamkeit geschenkt. Viele Menschen nahmen sich nicht die Zeit für Gebete und sie wusste es besser, als darüber zu urteilen. Sie lächelte ihn an. „Das würde mir gefallen."

Er streckte ihr seine Hand entgegen und sie zögerte kurz, als ihr klar wurde, dass er ihre Hand halten wollte, während er betete. Sie legte ihre Hand in seine und stöhnte leise, als seine Berührung einen Schauer durch sie sandte. Sich auf das Gebet für das Essen zu konzentrieren, würde ihr schwerfallen, weil sie nur daran denken konnte, wie dankbar sie dafür war, dass sie bei dem Mann sein durfte, den sie liebte, auch wenn es nicht von Dauer war.

Er sah sie an. „Ich habe die Worte auf dem Schild gelesen, als ich hereinkam und mir wurde klar, dass ich dir nie gesagt habe, wie gesegnet ich bin, dass du hier bei mir bist, um mein Erbe zu retten. Ich bin dankbar für meine Segnungen und du bist von allen die Bedeutendste. Danke." Und dann neigte er den Kopf, segnete ihr Essen und dankte Gott für sie.

Sie kämpfte mit den Tränen und konnte ihn nicht ansehen, als sie zu essen begannen. In ihrem Inneren herrschte Aufruhr und sie fühlte sich wie ein winziges

Schiff in aufgewühltem Meer. Als sie endlich wieder Herr über ihre Gefühle war, wischte sie sich mit ihrer Serviette den Mund ab und legte die Hände in den Schoß. „Denton, ich habe herausgefunden, dass bald ein Street Dance stattfindet, der der Jungsranch zugutekommt."

„Ja, er ist an diesem Samstag."

Es störte sie, dass er sie nicht gebeten hatte, mit ihm dorthin zu gehen. „Ja, das haben die anderen gesagt. Alle gehen hin."

Er nickte langsam. „Ja, das tun sie für gewöhnlich."

Wow, er hatte nicht vor, sie einzuladen. Die Realität schmerzte. „Okay, ich habe verstanden." Sie stand auf und ihr Herz schlug ihr in der Brust. „Ich gehe in mein Zimmer. Es war ein langer Tag." Sie wirbelte herum, drehte sich dann aber noch einmal um. Er hatte sich erhoben und sah sie von ihrem plötzlichen Ausbruch überrascht, fassungslos an. Doch das war ihr egal. „Und nur damit du es weißt, ich werde zu diesem Tanz gehen. Ich weiß nicht, was dein Problem ist, aber ich werde nicht den ganzen Tag über in diesem stillen

Haus sitzen, während du in deinem Büro arbeitest oder ausreitest."

Sie drehte sich erneut voller Schwung um und ließ ihn in der Küche stehen. Sie fühlte sich gedemütigt. Dieser Mann sandte so viele unterschiedliche Schwingungen aus, dass sich ihr der Kopf drehte. Das Herz auch. Sie war eine Närrin.

„Warte, bitte." Er hatte sie eingeholt, als sie gerade auf die erste Treppenstufe gestiegen war. Seine Hand legte sich um ihren Arm und hielt sie sanft fest, ohne zu ziehen.

Seine leise Aufforderung war schroff und traf einen Nerv tief in ihrer Seele. Sie kämpfte darum, nicht in Tränen auszubrechen. Sie hasste es zu weinen und jetzt war nicht der richtige Zeitpunkt dafür. Früher war sie ein verletzliches Kind gewesen, das ihr dummes Herz offen vor sich hergetragen hatte. Doch das war vorbei. „Mach dir keine Sorgen, es geht mir gut. Du musst nicht mit mir zu diesem dummen Tanz gehen. Es sind nur noch ein paar Wochen und dann bin ich ohnehin wieder allein unterwegs."

Er starrte sie an, die Vene in seinem Hals pochte

und zog für einen Moment ihre Aufmerksamkeit auf sich. Er war genauso aufgewühlt wie sie, zumindest sah es ganz danach aus. Doch sie konnte nicht glauben, dass das etwas zu bedeuten hatte.

„Ich möchte mit dir dorthin gehen.“

„Wenn du das gewollt hättest, dann hättest du mich gefragt. Du sagst das jetzt nur, weil ich es angesprochen habe. Ich brauche deine Wohltätigkeit nicht. Also nein, danke.“ Sie wollte auf die nächste Stufe steigen, aber er hielt sie fest, in dem er seinen Griff um ihren Arm leicht verstärkte.

„Warte.“

Das einfache, leise ausgesprochene Wort war so harsch hervorgebracht worden, dass es beinahe gequält klang. Sie sah ihn an und ihr stockte der Atem. Er sah stürmisch, verletzt und entschlossen aus, alles zugleich. Ihr wurde der Mund trocken. Ihre Knie wurden schwach und ihre Entschlossenheit löste sich auf.

„Ich bin ein Narr. Aber ich kapituliere.“ Er schlang einen Arm um ihre Taille und zog sie fest an sich. Da sie auf der ersten Stufe stand, befand sich ihr

Gesicht auf einer Höhe mit seinem und er legte seine freie Hand um ihren Hinterkopf und zog sie noch näher an sich, um sie zu küssen. Sie legte ihre Arme auf seine Schultern und gab sich ihm ganz und gar hin. Das hier war… zu Hause.

Tränen traten ihr in die Augen, als sie ihn mit all der Liebe küsste, die sie jemals für ihn empfunden hatte. Wenn das alles vorüber war, dann würde sie ihn vielleicht in einem Haus voller Erinnerungen an sie zurücklassen, doch sie würde dies mitnehmen können. Sie küsste ihn mit stürmischer Leidenschaft und tief empfundener Liebe. Und gab ihrem Bedürfnis nach, sich zumindest einmal an ihn zu klammern.

* * *

Er war ihr verfallen und es gab kein Zurück. Er hatte lange genug gegen das Bedürfnis, sie an sich zu ziehen und zu lieben, angekämpft. Es bestand nicht die geringste Chance darauf, dass er die vollen drei Monate durchstehen würde, ohne verrückt zu werden. Er hatte sich darum bemüht, nicht in ihrer Nähe zu sein und gewusst, dass er sich nicht würde zurückhalten können, wenn er sie mit zum Street Dance nähme und sie in den Armen halten und mit ihr tanzen würde.

Er hatte nur nicht vorhergesehen, dass sie so reagieren würde. Er schmeckte Salz und zog sich schließlich zurück. Als er entdeckte, dass ihre schönen Augen tränenverschleiert waren, brach sein Herz. „Es tut mir leid. Ich wollte dir nicht wehtun." Er ließ sie los und sie stolperte, aber er packte ihren Arm, um sie zu stützen. „Bitte weine nicht. Ich wusste, dass das geschehen würde. Ich konnte dich nicht zum Tanz mitnehmen, denn ich bin Hals über Kopf in dich verliebt und weiß, dass du keine Beziehung mit mir möchtest. Ich weiß, dass du nicht so sein willst, wie du als Kind warst, aber Blaze, ich bin es, der aus Liebe zu dir verrückt wird. Egal was ich tue, ich denke immer an dich. Du bist alles, woran ich denke. Alles, was ich will. Ich habe mich von dir ferngehalten, weil es zu schwer ist, dich diese Dinge nicht wissen zu lassen und ich bin entschlossen, dir nicht bei deinen Plänen und Träumen im Weg zu stehen, wenn diese Ehe endet."

Sie starrte ihn an, die Tränen nahmen jetzt

ungehindert ihren Lauf. Sie wischte sie mit den Fingerspitzen fort und ein Lächeln erblühte auf ihrem lieben, süßen Gesicht.

„Denton, du bist mein Traum. Der einzige Traum, den ich jemals hatte. Nichts anderes konnte jemals dieselbe Wichtigkeit erlangen, denn du warst immer da. Und bist es immer noch."

Sein Herz dehnte sich aus. „Du willst nicht gehen?"

„Ich will nicht gehen. Ich habe mit mir selbst gekämpft, weil ich befürchtete, du würdest mich nicht wollen."

Er senkte sein Gesicht an ihre Schulter und vergrub es in ihren Locken, atmete ihren süßen Duft ein. „Ich will dich mehr als alles andere, was ich jemals im Leben wollte." Er klammerte sich an sie und ihre Arme schlangen sich um ihn, während sie ihn neben das Ohr küsste. Er richtete sich auf und bedeckte ihre Lippen erneut mit seinen.

Einige Minuten später zog er sich zurück. „Blaze Masterson McCoy, willst du versprechen, immer die Meine zu sein, wenn ich schwöre, dich immer zu lieben und zu ehren, in guten und in schlechten Zeiten. In Krankheit und Gesundheit?"

„Ich will. Ich will. Ich will."

Er blickte in ihre schönen Augen und dann schwang er lachend einen Arm um ihre Kniekehlen und hob sie in seine Arme.

„Oh", keuchte sie und schlang ihre Arme um seinen Hals.

„Wenn du, meine Liebe, keine Einwände hast, dann finde ich, ist es an der Zeit, dass du in mein Zimmer ziehst." Er stieg die Treppe hinauf und war bei jedem Schritt dankbar für all seine Segnungen.

Sie lächelte und umfasste liebevoll seine Wange. „Ich habe absolut keine Einwände. Ich liebe dich, Denton. Habe ich immer, werde ich immer."

„Und ich liebe dich. Würdest du jetzt bitte aufhören zu reden und mir zeigen, wie man küsst?"

Ihre Augen funkelten, als sie leise lachte und ihre Lippen auf seine presste. Sie küsste ihn sanft und süß, als er durch die Tür in ihr Schlafzimmer ging.

EPILOG

Am Freitag und am Samstag ritt Denton nicht aus. Er verbrachte seine Zeit mit Blaze, eine Zeit, die sich für sie wie ein wahr gewordener wundervoller Traum anfühlte. Sie hätte sich am liebsten jedes Mal gezwickt, wenn er seine Hand nach ihr ausstreckte und ihr sagte, dass er sie liebte. Ihr zeigte, dass er sie liebte. Sie wusste, dass sie das Haus nie mehr verlassen wollte, aus Angst, dass sie sich der Realität würden stellen und erkennen müssen, dass das alles nur ein Traum gewesen war.

Am Samstagabend stiegen sie dann dennoch aus Dentons Truck und gingen Arm in Arm zu ihrer Familie, die sich zum Street Dance versammelt hatte und dem Gesang einer jungen Künstlerin lauschte, deren gefühlvolle Stimme sich perfekt zum Tanzen eignete… und genau das wollte sie mit Denton tun.

Talbert hielt Tess in die Höhe, damit das Kind die Sängerin über die Köpfe der Menge hinwegsehen konnte. Sie wandten ihnen den Rücken zu. Sie entdeckte alle Familienmitglieder und Blaze erwartete eine gewisse Aufregung, wenn man sie näherkommen sah. Morgan war hier und hatte einen Arm um Amber gelegt, die sich an ihn kuschelte und zu ihm aufblickte, während er mit Wade sprach. Allie hatte das Baby eng an sich gedrückt und hörte dem Gespräch der Männer zu. Ginny lehnte mit dem Rücken an Todds Brust, der seine Arme um sie geschlungen hatte, während er mit Ash sprach, der einen Arm um Holly gelegt hatte. Sie alle lachten über etwas, das eine lebhafte Caroline gesagt hatte. Beck sprach mit einem gutaussehenden Mann mit einem funkelnden Abzeichen auf der Brust und einem anderen, den sie als einen seiner Piloten erkannte.

Caroline hörte auf zu reden und ein breites Lächeln huschte über ihr schönes Gesicht. „Warum seht ihr zwei so glücklich aus?" Sofort richtete sich die

Aufmerksamkeit aller auf sie, als die anderen Carolines Blick folgten. Augenblicklich wusste jeder Bescheid.

„Endlich wart ihr ehrlich zueinander", sagte Allie und sah dabei so erfreut aus, dass Blaze voller Freude erkannte, wie wichtig sie ihr war. Wie wichtig sie ihnen allen waren, erkannte sie, als sie mit einem Mal von allen Seiten umringt wurden.

Ash schlug Denton auf die Schulter. „Du siehst so glücklich aus, wie ein Mann nur sein kann. Was für eine gute Sache. Meinen Glückwunsch."

Denton lachte, als die anderen ähnliche Kommentare machten. „Okay, wir waren füreinander bestimmt."

„Vom Schicksal füreinander vorgesehen", sagte sein Großvater und betrachtete sie mit einem zufriedenen Ausdruck auf dem Gesicht.

Der Sheriff verschränkte die Arme vor der Brust und sah sie interessiert an. „Ich vermute, der schurkische Plan eures Großvaters ist erneut aufgegangen. Herzlichen Glückwunsch."

„Danke, Jesse." Denton sah sie an und ihr Herz

schmolz. „Wir freuen uns sehr darüber, dass es so ist. Es wäre anders gekommen, wenn Blaze nicht angeboten hätte, mir zu helfen, um mein Erbe zu retten. Sie hat mir recht unverblümt gesagt, dass sie nach drei Monaten gehen würde, weil sie nicht noch mehr Zeit damit verschwenden wolle, einen solchen Idioten zu lieben.“

„So habe ich es nicht ausgedrückt.“ Sie schlug ihn auf den Arm und kicherte.

„Warum nicht, es ist die Wahrheit.“

„Bisher war unsere Zeit einfach noch nicht gekommen“, gab sie zu. Sie sah Mr. McCoy an und ihr Herz schmolz, als sie den liebevollen Blick in seinen Augen sah. „Du warst sehr weise.“

„Ich und dein Daddy. Er war von Anfang zu einhundert Prozent im Bilde.“

Ihr lieber Vater hatte das gewollt. „Genau das hatte ich vermutet.“

„Wir haben euch beide jahrelang beobachtet und hatten einfach das Gefühl, dass das Timing nie richtig war. Daher wollten wir euch zumindest die Chance geben, herauszufinden, ob ihr füreinander bestimmt seid, wie wir dachten.“

Sie ging hinüber und umarmte ihn und die kleine Tess. „Ich danke dir."

„Danke dir", sagte Tess mit ihrer süßen Kleinkindstimme. Das kleine Mädchen hatte schnell die Herzen aller gewonnen, einschließlich das von Blaze.

„Meine Liebe, ich bin derjenige, der dir danken sollte, dafür, dass du meinen Enkel glücklich machst. Ihr zwei werdet gemeinsam ein wundervolles Leben haben und mir hoffentlich eines Tages weitere Urenkel schenken."

„Ich glaube, das könnte passieren", sagte sie. „Oder?", fragte sie Denton.

„Auf jeden Fall." Er schüttelte den Kopf und lachte, als er seinen Großvater ansah.

Blaze liebte es, ihn so entspannt zu sehen. Die angespannte Beziehung zu seinem geliebten Großvater schien sich gelöst zu haben.

Das Lied endete und die Sängerin begann zu sprechen. „Ich denke, nun ist es an der Zeit, dass Sheriff James seine Rede hält um diese Spendenaktion zu eröffnen. Sheriff, die Bühne gehört dir."

„Dann mal los", sagte Jesse James, während er seinen Blick auf Caroline richtete.

Denton hatte seine Arme um Blaze gelegt und sie lehnte sich an ihn, atmete seinen männlichen Geruch ein und genoss das Gefühl, dass sie sein war und er ihrer. Sie bemerkte den Hauch von etwas Interessantem im Blick des gutaussehenden Sheriffs, als er Caroline ansah. Und dann ging er auf die Bühne.

Blaze wusste, dass es schon immer eine Art Hassliebe zwischen den beiden gegeben hatte. Vielleicht war Hass nicht das richtige Wort, aber es bestand eine gewisse Reibung, große Reibung, die jedes Mal dafür sorgte, dass die Funken flogen, wenn die beiden einander begegneten. Caroline verschränkte die Arme und begegnete Blaze' Blick.

Blaze machte mit ihrer Hand eine fächelnde Bewegung und formte mit den Lippen das Wort *heiß*.

Caroline verdrehte die Augen und beugte sich zu ihr. „Kaum. Dieser Mann raubt mir den letzten Nerv. Er hat mir vorhin gesagt, dass die Jungsranch möglicherweise geschlossen wird und dies vielleicht die letzte Spendenaktion ist. Ich sagte ihm, das sei

Unsinn. Dass wir als Familie geben würden, was immer nötig ist, um die Ranch am Laufen zu halten. Doch er meinte, dass sei nicht so einfach. Mehr hat er nicht gesagt. Er hat mich einfach hängen lassen. Wie du siehst, ärgere ich mich darüber, dass er mich außen vor lässt. Die Jungsranch ist mir wichtig."

„Wow. Das mit der Ranch ist schrecklich. Aber sicher wird mit eurer Hilfe alles gut." Blaze wusste, dass die Ranch schon lange existierte und dass es viele junge Männer in der Gegend gab, die dort aufgewachsen waren und von der Liebe und Fürsorge des Paares, das sie all die Jahre über geführt hatte und den Menschen in der Gemeinde, die an die Ranch glaubten und daran, dass sie diesen Jungen einen großartigen Ort zum Aufwachsen bot, profitiert hatten.

Denton stand bei ihr und hatte ihre Worte gehört. „Ich werde mit ihm reden – nein, rede du mit ihm, Caroline. Geh der Sache auf den Grund. Wir werden nicht zulassen, dass die Jungsranch geschlossen wird."

„Oh, glaub mir, genau das werde ich tun."

Blaze fand es toll, dass es Denton wichtig war, mitzuhelfen und sicherzustellen, dass eine solch gute Einrichtung wie die Ranch erhalten blieb.

Jesse begrüßte alle zur Spendenaktion und sprach über die Ranch. Doch er deutete nicht einmal an, dass eine Schließung der Ranch womöglich bevorstand.

Beck schob die Finger in die Vordertaschen seiner Jeans. „Ich freue mich für euch beide", sagte er, während alle auf die Tanzfläche strömten, als Liberty Ray, die Sängerin, erneut nach dem Mikrofon griff und sofort einen Country-Hit anstimmte. „Auch wenn ich Großvater für dieses ganze Fiasko, in das er uns gestürzt hat, nicht auch noch Respekt zollen will, so war ich doch ziemlich zuversichtlich, dass ihr beide endlich zusammenkommen würdet. Deshalb habe ich euch nach Vegas geflogen."

„Dafür sind wir dir äußerst dankbar." Denton küsste ihre Schläfe.

„Wir haben es alle gewusst." Caroline beteiligte sich an ihrer Unterhaltung, nachdem alle Familienmitglieder bis auf ihren Großvater auf die Tanzfläche gegangen waren. Sogar Wade und Allie tanzten miteinander, das Neugeborene hielten sie an sich gekuschelt. Sie boten einen reizenden Anblick. Ihre Liebe war deutlich sichtbar.

Jesse James gesellte sich zu ihnen. Er tippte sich grüßend an den Hut und richtete dann seine Aufmerksamkeit auf Caroline. „Caroline, ich glaube, du schuldest mir einen Tanz."

Caroline legte den Kopf schief und zog eine Braue hoch. „Nein, das glaube ich nicht."

„Doch, als ich dich das letzte Mal wegen Geschwindigkeitsüberschreitung angehalten habe, hast du mich bestochen, erinnerst du dich?"

„Du hast den Sheriff bestochen?" Blaze schnappte nach Luft.

Die Aufmerksamkeit aller konzentrierte sich auf sie.

„Ja, aber ich meinte es nicht ernst und das weiß er. Er saß hinter einer Kurve und ich habe ihn nicht gesehen. Es war eine Radarfalle."

„War es nicht. Du rast stets und ständig. Jeder weiß, dass ich keine Radarfalle aufstellen muss, um dich auf frischer Tat zu ertappen. Jetzt komm und tanz mit mir. Wir müssen ohnehin über die Ranch sprechen."

Carolines Augen verengten sich. „Gut. Aber nur

damit du es weißt, ich tanze nur wegen der Jungsranch mit dir.“

„Geht klar.“ Seine dunklen Augen hielten ihren Blick. Er streckte seine Hand aus, sie sah sie an und schritt dann an ihm vorbei auf die Tanzfläche.

Mit einem Kopfschütteln folgte Jesse James ihr.

„Wow, die beiden geben seltsame Schwingungen ab“, sagte sie und beobachtete, wie Caroline sich zu Jesse umdrehte und mit einem verärgerten Gesichtsausdruck ihre Hand in seine schob, als er ihr seine Hand hinhielt. Sie versteifte sich, als er seinen anderen Arm um ihre Taille legte und sie näher zu sich zog, aber nicht zu nahe. Als hätte er Angst, sie könnte beißen, wenn er versuchte, sie noch dichter an sich zu ziehen.

Sie warf Großvater einen Blick zu und sah, wie ein schelmisches Lächeln seine Lippen umspielte. Blaze erschrak und lachte, als sie Denton und dann Todd ansah und erkannte, dass keiner von beiden auch nur im Mindesten überrascht aussah. „Was geht da vor sich?“

Denton grinste nur in sich hinein.

DIE ZWEITE CHANCE DES
MILLIARDENSCHWEREN COWBOYS

Todd sah leicht gereizt aus, als er sich den Kiefer rieb und die beiden beobachtete, dann sah er sie an. „Sie tanzen nun schon eine ganze Weile umeinander herum. Da geht eine Menge vor sich, aber es ist kompliziert."

„Sehr kompliziert", stimmte Denton ihm zu.

„Nichts könnte komplizierter sein als das zwischen dir und mir", sagte sie. Sie blickte zurück zur Tanzfläche und sah die beiden wie steife Stangen miteinander tanzen. Sie waren in ein ernsthaftes Gespräch vertieft und boten einen alles andere als romantischen Anblick und dennoch spürte Blaze die Hitze der Anziehung zwischen ihnen.

„Tatsächlich ist das, was zwischen den beiden vor sich geht, so kompliziert wie es nur irgend geht und in Jesses Augen ist das nichts, was man lösen könnte. Aber genug von den beiden, ich möchte mit meiner Frau tanzen." Er zwinkerte, als er rückwärts in Richtung Tanzfläche schritt, während er ihre beiden Hände hielt.

Ein Schauer raste durch Blaze. Sie liebte ihn so sehr und stellte entzückt fest, dass der liebevolle Glanz in seine Augen zurückgekehrt war. Sie konnte nicht widerstehen und warf sich ihm in die Arme, als ob sie von ihm besessen wäre… ja, das war sie und würde es immer sein. Und als sich seine Arme um sie legten, da wusste sie, dass sie es nicht anders haben wollte.

Sie schaute auf und blickte Denton in die Augen, als sie sich im Takt der Musik bewegten. „Zeig mir, wie man küsst."

Ihre Bitte sorgte dafür, dass seine Augen zu funkeln begannen und ohne ein weiteres Wort neigte er den Kopf zu ihrem, ihre Lippen trafen sich und die Welt um sie herum verblasste…

Über die Autorin

Der Name der zeitgenössischen Bestseller-Autorin Hope Moore ist das Pseudonym einer preisgekrönten Autorin, die in Texas lebt und von Cowboys umgeben ist. Sie liebt es, Liebesromane und Happy Ends zu verfassen. Ihre herzerwärmenden Liebesromane sind voller schöner Helden, die es zu lieben gilt und wagemutiger Frauen, die ihre Herzen gewinnen.

Wenn sie nicht gerade schreibt, versucht sie hartnäckig, nicht zu kochen, da sie von Erdnussbuttersandwiches, Kaffee und Käsekuchen leben könnte. Seit sie schreibt, ist sie kaum noch in sozialen Medien präsent, aber sie LIEBT ihre Leserinnen und Leser, also melde dich für ihren Newsletter an und sichere dir die kostenlose Kurzgeschichte DIE WAHRE LIEBE IHRES MILLIARDENSCHWEREN COWBOYS.

MILLIARDENSCHWEREN COWBOYS, die Vorgeschichte ihrer Western Liebesgeschichten-Serie der McCoy Milliardärsbrüder!

Dieses Buch ist nur für Newsletter-Abonnenten erhältlich und ist die süße Liebesgeschichte von J.D. McCoy, dem geliebten Großvater der Brüder. Du wirst außerdem Leseproben ihrer Abenteuer, zusammen mit Sonderangeboten und neu veröffentlichten Büchern erhalten.

Bitte kopiere diesen Link und füge ihn in deinen Browser ein, um dich anzumelden: https://www.subscribepage.com/cowboyromantik